Les éditions de la courte échelle inc.

Denis Côté

Denis Côté est né le 1er janvier 1954 à Québec où il vit toujours. Diplômé en littérature, il a exercé plusieurs métiers avant de devenir écrivain à plein temps.

Pour les jeunes, il a publié dix-huit romans et deux recueils de nouvelles, en plus de participer à deux recueils collectifs.

Ses romans jeunesse lui ont valu plusieurs prix et mentions, dont le Prix du Conseil des Arts, le Grand Prix de la science-fiction et du fantastique québécois, le prix M. Christie et le Grand Prix Brive/Montréal du livre pour adolescents pour l'ensemble de son oeuvre. De plus, il a reçu à deux reprises le premier prix des clubs de lecture Livromagie. Certains de ses livres ont été traduits en anglais, en danois, en espagnol, en italien, en néerlandais et en chinois.

Amateur de musique pop, de cinéma et de BD, il aime la science-fiction, les romans policiers et les histoires d'horreur. C'est d'ailleurs exactement ce qu'il écrit depuis 1980.

Du même auteur, à la courte échelle

Collection Roman Jeunesse
Les géants de Blizzard

Série Maxime:
Les prisonniers du zoo
Le voyage dans le temps
La nuit du vampire
Les yeux d'émeraude
Le parc aux sortilèges
La trahison du vampire
L'île du savant fou

Collection Roman+
Terminus cauchemar
Descente aux enfers
Aux portes de l'horreur

Série des Inactifs:
L'arrivée des Inactifs
L'idole des Inactifs
La révolte des Inactifs
Le retour des Inactifs

Denis Côté

L'arrivée des Inactifs

la courte échelle

Les éditions de la courte échelle inc.

Les éditions de la courte échelle inc.
5243, boul. Saint-Laurent
Montréal (Québec) H2T 1S4

Illustration de la couverture:
Sharif Tarabay

Conception graphique:
Derome design inc.

Révision des textes:
Odette Lord

Dépôt légal, 1er trimestre 1993
Bibliothèque nationale du Québec

Cette édition est une édition revue et corrigée
Titre original: Hockeyeurs cibernétiques
Les Éditions Paulines, 1983

Données de catalogage avant publication (Canada)

Côté, Denis

    L'arrivée des Inactifs
    Nouv. éd. rev. et corr. –

    (Roman+; R+2)

    Publ. antérieurement sous le titre: Hockeyeurs cibernétiques.
    Montréal: Éditions Paulines, c1983.

    Publ. à l'origine dans la coll.: Collection Jeunesse-pop.

    ISBN 2-89021-191-6

    I. Titre. II. Titre Hockeyeurs cybernétiques

PS8555.O767H62 1993   jC843'.54   C92-097331-0
PS9555.O767H62 1993
PZ23.C67Ar 1993

Ville de Lost Ark

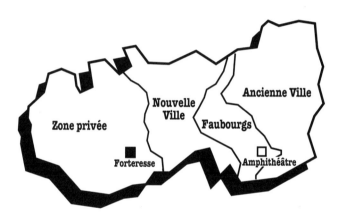

Avant-propos

Nous sommes en 2010, dans la ville de Lost Ark, capitale du Freedom State, aux États-Unis.

En 2010, c'est-à-dire trois ans avant que l'on trouve des robots à forme humaine partout. Trois ans avant les Sherlocks, les machines de surveillance aérienne, la Loi d'urgence. Trois ans avant que David Swindler devienne l'Entité symbiotique et avant que les Inactifs se révoltent.

En 2010, Michel Lenoir n'a que dix-huit ans. Mais à dix-huit ans, Michel n'a encore rien vu, rien vécu. Il ignore beaucoup de choses sur le monde qui est le sien.

Et c'est précisément au cours de cette année-là qu'il aura l'occasion de s'ouvrir les yeux.

Chapitre 1

Les Inactifs

Le lourd ailier droit freina avec aisance dans le coin de la patinoire.

Il vit son joueur de centre se diriger vers le but, essayant de se faufiler entre les deux défenseurs des Astronauts. L'ailier tenta une passe juste avant d'essuyer un plaquage rude mais légal. La foule réagit avec colère devant le jaillissement d'étincelles couleur abricot.

Décidant que son tour était venu de se faire remplacer, le petit joueur de centre rebroussa chemin. Quelques spectateurs hurlèrent leur mécontentement. Il frissonna, oubliant une seconde qu'il était parfaitement à l'abri du public.

Un défenseur des Astronauts récupéra la rondelle et décocha une passe. Le disque jaune, légèrement lumineux, émit un joyeux sifflement en parcourant le territoire jusqu'au bâton qui l'attendait. Celui qui avait capté la passe pénétra en zone des Raiders et tira. Un éclair traversa la surface verte avec un bruit strident.

Comme le gardien arrêtait la rondelle avec son bâton, son costume s'illumina. Le soupir des 30 000 spectateurs tomba comme un objet dont on se débarrasse. Il y eut une enfilade le long de la bande, puis un début de bousculade produisant des gerbes d'étincelles safranées.

La foule était maintenant debout, mouvante comme une mer déréglée, grondante comme un orage électrique. Michel Lenoir se félicita de s'être vêtu comme les spectateurs. Il portait des habits démodés, sales, presque des haillons. Encore une fois, il souhaita ardemment ne pas être reconnu.

Michel assistait au match depuis quelques minutes, dissimulé de son mieux derrière des enceintes acoustiques.

Je vais finir par croire que les Raiders ne peuvent pas se passer de moi, se dit-il. *Il suffit que je m'absente durant une partie et les voilà aussi à l'aise sur la glace que des lutteurs sur une piste de danse.*

Il n'était pourtant pas fâché de cette blessure bénigne qui l'empêchait de jouer aujourd'hui. Rater le dernier match de la saison ne lui faisait ni chaud ni froid. *Vivement les vacances!* se répétait-il depuis quelques semaines. D'autant plus que cette blessure lui permettait de voir un match de ce côté-ci de l'Aquarium, malgré les risques indéniables qu'il courait.

Ce que les joueurs de hockey nommaient l'Aquarium était un dôme électromagnétique qui recouvrait toute la patinoire. Ce dôme assurait aux athlètes et aux officiels une protection absolue contre le public. Il s'agissait d'une mesure de sécurité relativement récente.

Cette mesure était devenue indispensable étant donné le haut taux de criminalité chez les Inactifs, surtout depuis que des spectateurs avaient commis des attentats contre des joueurs.

Grâce à ce dôme, de tels attentats étaient maintenant devenus impossibles. Aucun objet ne pouvait percer l'Aquarium. Si le public avait toujours une aussi bonne vue des joueurs, par contre, les joueurs avaient dorénavant de la foule une image floue, déformée.

Les fabricants du dôme expliquaient que cette distorsion ne pouvait être corrigée pour le moment. Certains répliquaient que le flou était calculé. Selon eux, il permettait d'éviter aux joueurs de porter une trop grande attention au public, surtout celui qui occupait les places les moins chères. Ce public était évidemment plus pauvre, famélique, souvent malpropre et fanatique.

La sirène annonça la fin de la période. Les joueurs quittèrent la patinoire pendant qu'un véritable branle-bas agitait la foule. Les spectateurs qui avaient encore quelques cents dans leur sac se dirigeaient vers le restaurant avec impatience, comme s'ils craignaient une pénurie de chips.

Une femme frôla Michel Lenoir qui frémit. Une fillette s'approcha de son coin d'ombre en claudiquant, lui jeta un coup d'oeil, puis s'éloigna. Il baissa la tête, releva son col.

J'aurais dû partir avant l'entracte, se reprocha-t-il.

Sur la glace, tout était déjà prêt pour la musique. La lumière s'éteignit de nouveau dans les gradins et les projecteurs crachèrent des faisceaux colorés vers le centre de la patinoire où apparurent bientôt cinq hommes et trois femmes.

Michel les reconnut avec ravissement. C'était *Howling Mob,* un de ses groupes préférés. Les musiciens attaquèrent aussitôt ce que Michel considérait comme leur oeuvre maîtresse: *La chambre d'horreur du docteur Faustus.* La force de leur interprétation le convainquit de rester jusqu'au début de la deuxième période.

C'est magnifique! Parfois, je me demande si je n'aurais pas dû devenir musicien...

Ils terminèrent leur court spectacle par *Les épouses de Fu Man Chu,* après avoir joué *L'incroyable homme-qui-fond* avec encore plus d'énergie que sur l'enregistrement.

Chaviré par la mise en scène pleine de couleurs et d'éclairs, bouleversé par cette musique qui paraissait venir d'un autre monde et qui semblait donner un sens nouveau à sa vie, Michel se dégagea de l'obscurité en titubant presque. Il marchait en fixant le plancher noirci et gluant.

Dans le couloir grouillant d'Inactifs au visage grimaçant et humide de sueur, il se sentit mal.

Devait-il courir le risque de continuer par là ou fallait-il revenir sur ses pas et chercher une autre issue vers l'extérieur? Il songea à la piste d'atterrissage sur le toit, mais il balaya cette idée.

Si les Gardiens s'aperçoivent que je suis ici, Rutabaga va m'engueuler encore une fois.

La sirène annonçant la reprise du jeu dissipa ses interrogations. La foule déguenillée s'ébranla vers les gradins tandis qu'il poursuivait sa route vers la sortie. Puis une main se posa sur son bras et, naturellement, il fut pris de panique.

Deux yeux écarquillés le regardaient. Il s'étonna de les trouver beaux. Les lèvres de la femme tremblaient un peu. Que devait-il faire? Il était paralysé par la stupeur et l'indécision.

La femme montra tristement le petit garçon infirme qui l'accompagnait et elle murmura avec une ferveur mêlée d'incrédulité:

— C'est vous? C'est vous, n'est-ce pas? Vous êtes Michel Lenoir?

— Non... Je vous en prie, laissez-moi, vous vous trompez.

Il tâcha de se libérer de la femme qui s'agrippait à lui.

— Oh! mon Dieu! Oui, c'est vous! Je vous reconnais! Que je suis heureuse!

Il parvint à se débarrasser de l'étreinte.

— Non, ne partez pas! se lamenta la femme. Restez une seconde! Je ne vous demande qu'une chose: imposez les mains à mon fils! Guérissez-le! Guérissez-le, pour l'amour de Dieu!

Trop de têtes maintenant étaient tournées vers lui. Affolé, il joua du coude sans regarder personne. Les voix montaient et des mains se tendaient dans sa direction.

Ça y est! Ils t'ont reconnu, espèce de crétin!

Il fendit la masse compacte qui se serrait autour de lui, n'hésitant plus à bousculer quand il le fallait. Il manquait d'air, signe que la sortie était proche. Terrifié tout à coup par la possibilité d'être étouffé par la foule adoratrice, il donna quelques coups de poing et se mit à courir.

Dans son dos, on prononçait son nom sur une note interrogative. Il atteignit le hall presque vide, ses pas claquèrent sur les dalles. Dehors, il se rendit compte que personne ne le poursuivait.

Ils ne m'avaient peut-être pas vraiment reconnu, après tout.

Il s'affaissa à l'ombre d'un pilier pour récupérer un peu. Ensuite, il choisit de longer la voie qui s'enfonçait dans les Faubourgs jusqu'à l'Ancienne Ville.

Autant vivre l'expérience la plus complète possible. Ce n'est pas tous les jours que je fais une fugue.

Des Carabiniers, les membres de la police officielle du Freedom State, se tenaient en faction de chaque côté de la route, plantés là à intervalles réguliers.

Plus Michel s'éloignait de l'Amphithéâtre, plus le bruit des usines augmentait. Des bâtiments fantastiques s'élevaient derrière les clôtures, vomissant leurs fumées crasseuses et malodorantes qui finissaient par se déposer sur les choses en une fine poussière noire. C'était dans des enfers comme ceux-là que travaillaient en grande partie les Actifs.

Pour se protéger du vacarme, Michel pensa à installer son walkman miniaturisé et presque invisible. Mais il décida qu'il valait mieux entendre le bruit tel qu'il se présentait, celui de la réalité non camou-flée.

Il croisa peu d'Inactifs. Cette route était la seule qui leur permettait de sortir de leurs quartiers, mais elle s'arrêtait à l'Amphithéâtre. Elle formait un cul-de-sac long de deux kilomètres. Cette bizarre excroissance de l'Ancienne Ville aboutissait à l'oasis miraculeuse des spectacles sportifs.

La respiration de Michel devenait de plus en plus difficile. Il était pourtant, lui, dans une forme splendide.

Comment ces gens font-ils pour survivre dans une atmosphère aussi malsaine?

Dès son entrée dans l'Ancienne Ville, une bouffée de chaleur le submergea, multipliant l'effet pénible du manque d'air.

Il était maintenant perdu au milieu des badauds, anonyme dans le mouvement de ces gueux engagés dans une quête indéfinissable.

La sensation d'asphyxie s'accrut. Michel s'imagina comprimé par la foule, puis piétiné, écrabouillé. Cherchant des yeux une avenue moins fréquentée, il distingua l'entrée d'une ruelle et s'y engagea.

Noyé dans le flot des passants, il n'avait pas remarqué l'omniprésence du bruit. Dans cette voie plus étroite, ses oreilles devinrent douloureuses. Le fracas semblait provenir autant de la zone industrielle toute proche que du coeur même de l'Ancienne Ville où l'on devait procéder à de multiples démolitions, réparations et travaux d'aménagement. Il y avait aussi le hululement incessant des sirènes. Carabiniers? Ambulances? Pompiers?

À travers ce raz de marée sonore, quelques accords de musique filtraient parfois. S'agissait-il de musiciens ruinés qui donnaient un spectacle quelque part sur la place publique? Ou de bruits entremêlés de radios discordantes?

Bientôt Michel aperçut en retrait, sur des pylônes de béton, un de ces fameux postes à oxygène dont il avait tellement entendu parler. Ces stations étaient strictement réservées aux Carabiniers qui s'y rendaient entre deux missions respirer quelques bouffées d'air pur.

J'en aurais bien besoin en ce moment.

Dans une rue transversale, une multitude d'Inactifs étaient rassemblés comme pour assister à une représentation artistique. Des cris de joie fusaient.

La haute taille de Michel lui permit de

voir ce qui attirait tous ces gens. Au milieu, des saltimbanques accomplissaient des tours d'adresse: jonglerie, acrobatie et prestidigitation.

Un magicien maquillé en clown sortit une orange d'un chapeau, ce qui émerveilla les spectateurs. Plusieurs tendirent avidement les mains pour saisir le fruit magique, mais celui-ci se gonfla, devint gros comme plusieurs têtes et s'envola. Le public montra sa déception par des cris scandalisés.

À un coin de rue de là, des gens dansaient et chantaient. Les visages maigres étaient totalement épanouis. Ce paradoxe frappa Michel.

Fatigué, haletant malgré la lenteur de sa marche, il décida de faire demi-tour. Les spectateurs s'éloignaient à présent des saltimbanques qui se promenaient, chapeau à la main.

Pour appeler un taxi, il devait trouver un endroit moins fréquenté. Il se dirigea vers la clôture qui servait de démarcation entre l'Ancienne Ville et les Faubourgs. Il avait vu juste: les passants se faisaient plus rares.

Soudain, un hurlement se fit entendre, provenant de derrière un entrepôt désaffecté. Michel accourut avec quelques curieux.

Ses poumons lui firent mal, comme après un effort exceptionnel sur la patinoire. Dans une cour, un homme d'une trentaine d'années était aux prises avec une bande de chats enragés. Les bêtes l'avaient acculé à un mur et le surveillaient en feulant et en crachant. Sa jambe gauche saignait.

Quand il les vit arriver, l'homme cria à l'aide. Michel se demanda s'il devait agir, mais il fut pris d'une nausée. Autour de lui, personne ne faisait mine de secourir cet homme que les chats avaient choisi comme pâture.

L'un des animaux s'élança, refermant ses mâchoires sur la jambe sanglante. Une patrouille de Carabiniers surgit dans la cour et les chats s'enfuirent. L'homme s'effondra en pleurant.

J'en ai assez vu, se dit Michel.

Profitant de l'attroupement, il se faufila dans un chemin de terre déserté et aboutit à un espace presque vide qui devait avoir déjà servi de parking. Il prit son taxiphone et composa plusieurs fois le numéro. Personne ne répondit.

Ils ont peur d'atterrir dans l'Ancienne Ville. J'aurais dû le prévoir. Les voleurs se tiennent en bande par ici.

Heureusement, une pilote finit par se poser. En montant dans le véhicule, Michel annonça sa destination. La femme fut surprise, mais ne fit aucun commentaire. Quelques Inactifs hébétés les regardèrent disparaître.

Le taxi survola l'Ancienne Ville en accomplissant un large cercle, avant d'emprunter un couloir aérien disponible. Les quartiers pauvres s'entassaient les uns contre les autres dans une uniformité grise, sordide.

De cette hauteur, l'Ancienne Ville avait l'aspect d'une fourmilière dont les habitants s'agitaient en pure perte.

Les plus imposants édifices tombaient en ruine. Le vert-de-gris envahissait la plupart des monuments. Une cathédrale aux vitraux fracassés était à peine visible dans l'entre-croisement des cordes à linge. Le toit d'un immeuble en bon état était recouvert de tentes vertes entre lesquelles les gens s'affairaient.

Quittant cette section de Lost Ark, le taxi passa au-dessus des Faubourgs. Michel s'intéressa peu à l'alignement désordonné des usines. À travers les nuages noirs qui s'échappaient des cheminées, les bâtiments

25

se distinguaient mal de toute façon.

Il faut vouloir travailler à tout prix pour entrer là-dedans. S'éreinter, recevoir des ordres, tout ça pour un petit salaire, quelle folie!

Au-delà, se détachèrent plus nettement les tours d'habitation de la Nouvelle Ville où logeaient la majorité des Actifs. Ces immeubles étaient assez confortables, mais il fallait y mettre le prix.

Certains Actifs ne pouvaient se payer un logement moderne, ce qui les obligeait souvent à vivre dans l'Ancienne Ville parmi les miséreux. Là, ils faisaient l'envie de leur entourage et ils devenaient la cible toute désignée des vandales et des filous.

Dans la Nouvelle Ville, se trouvaient en outre le siège du gouvernement du Freedom State et celui de la police. Les entreprises de presse y avaient aussi élu domicile, ainsi que les centres culturels et récréatifs.

Michel connaissait bien cette partie de Lost Ark, car il fréquentait souvent les discothèques avec les autres membres de son équipe.

J'irais bien danser au son de Mötley Crüe, ce soir.

Mais Rutabaga lui avait donné rendez-vous à 22 h 00 et il était préférable pour Michel d'y être et même d'arriver à temps.

On n'avait pas le droit de manquer un rendez-vous fixé par Rutabaga.

Chapitre 2

Le projet

Rutabaga s'appelait en réalité David Swindler. *Monsieur* David Swindler, car il appréciait grandement toute marque de respect. Il possédait à lui seul les Raiders de Lost Ark, l'équipe pour laquelle jouait Michel Lenoir.

Contrairement à ce qui se passait au siècle précédent, David Swindler n'était pas seulement l'employeur de Michel et de ses coéquipiers. Il était très exactement leur *propriétaire*.

Entre deux matches de hockey, Michel

vivait comme un prince. En contrepartie, il devait se soumettre à David Swindler jusqu'à sa retraite. Un athlète tombait ainsi entre les mains d'un propriétaire dès qu'il manifestait un talent particulier. Dans le cas de Michel, cela s'était produit à l'âge de sept ans.

Le jeune joueur était alors arraché à sa famille, à qui l'on accordait une importante compensation. Cette somme d'argent sortait la famille de la misère, mais les parents devaient alors renoncer à revoir leur enfant ailleurs qu'au centre d'un stade ou que sur un écran de télévision.

***

Michel ne rencontrait pas souvent David Swindler.

Chacun de leurs rendez-vous était un événement, le plus souvent pénible, d'ailleurs. L'occasion pour Rutabaga de blâmer sa conduite, de souligner tel écart aux règlements ou d'annoncer une mauvaise nouvelle.

De quoi s'agissait-il, cette fois?

La rencontre aurait lieu au dernier étage de la Forteresse, comme toujours. C'était un gigantesque immeuble administratif construit au coeur de la Zone privée. Édifice à sécurité maximale, la Forteresse semblait trop bien gardée par rapport aux risques à peu près nuls de cambriolage ou d'agression terroriste.

Une fois franchies les limites extérieures de la Nouvelle Ville, le taxi se posa sur la plate-forme d'un poste de fouille. Bientôt, un Gardien fit signe à la pilote que tout était en règle. Le véhicule repartit.

Les Gardiens étaient les agents d'une police spéciale qui devait assurer la protection des citoyens de la Zone privée et de tout ce qui leur appartenait à Lost Ark. Chaque personne, chaque véhicule, chaque objet qui entrait dans la Zone privée subissait obligatoirement un examen.

Le taxi fonça vers la masse disgracieuse de la Forteresse et s'engagea dans une alvéole de stationnement. Michel régla sa course, puis il marcha vers la porte donnant accès à l'intérieur de l'édifice. Les Gardiens le reconnurent, il n'eut donc pas à présenter d'autorisation ou de carte d'identité.

L'ascenseur le conduisit à l'étage de Rutabaga. Il regarda sa montre: 21 h 54. Avant l'ouverture de la porte, il prit une profonde inspiration.

Comme de coutume, Paperback accompagnait Rutabaga. Paperback était officiellement le premier secrétaire de David Swindler. En vérité, il tenait plutôt auprès de lui le rôle d'un valet.

— Ah, fit Rutabaga de sa voix atone. Je crois que notre ami vient de faire son entrée. Je me trompe, Paperback?

— Non, monsieur Swindler. Il arrive en effet à l'instant.

Michel s'avança tandis que Paperback poussait Rutabaga vers lui. Encore une fois, Michel ne put s'empêcher de ressentir un malaise devant l'aspect peu commun de son propriétaire.

La *chose* que Paperback avait déplacée dans sa direction n'était rien d'autre qu'une longue boîte sur quatre roues, garnie d'une quantité de protubérances, cadrans, boutons et orifices. Voilà ce qu'était Rutabaga: une sorte de sarcophage orné de mille gadgets hétéroclites.

Bien sûr, il y avait quelqu'un à l'intérieur de ce sarcophage, il y avait un homme de chair et d'os appelé David Swindler. Pourtant, Michel n'avait jamais rien vu de lui que cette enveloppe qui le protégeait comme un écrin.

Pourquoi cette mise en scène? Eh bien, il ne s'agissait justement pas d'une mise en scène.

D'après ce que Michel avait entendu dire, David Swindler avait été grièvement blessé de nombreuses années auparavant. Il s'était sorti de l'accident en si piteux état qu'il était désormais incapable de se déplacer seul, de se nourrir et d'éliminer par les voies normales.

Ses organes sensoriels avaient été remplacés par des mécanismes électroniques, comme cet objectif mobile et rétractile qu'il fixait sans cesse sur ses interlocuteurs.

Sa voix était produite par un ordinateur intégré qui composait des phrases selon les impulsions de son cerveau. Cela donnait une élocution monocorde, désagréable.

— Ah ah, dit Rutabaga à l'adresse de Michel. Je constate avec plaisir que tu nous reviens entier.

— Je ne saisis pas, monsieur Swindler, répondit Michel qui avait pourtant bien compris l'allusion.

— Alors, je vais t'expliquer, mon cher. Je vais t'expliquer encore une fois. Tu connais les règlements imposés aux membres de ton équipe, en particulier ce règlement qui interdit toute incursion dans l'Ancienne Ville?

— Oui, monsieur, je le connais.

— Si tu le connais, ce règlement, veux-tu me dire pourquoi tu viens tout juste de le défier?

— Ah! vous... vous êtes au courant?

Je l'aurais parié, ajouta-t-il pour lui-même. *Je vais finir par croire qu'il nous fait tous suivre à la trace, ce type-là!*

— Tu es parvenu à semer tes Gardiens d'une manière experte et j'aurais presque le goût de t'applaudir. Mais c'est surtout ton insouciance qui me frappe. As-tu pensé à ce qui te serait arrivé si des Inactifs t'avaient reconnu?

Michel ne répondit pas.

— Ils se seraient rués sur toi, simplement pour avoir l'occasion de te toucher. Ils t'auraient mis en pièces par amour. Rappelle-toi la fin atroce de Trademark Smith.

— Trademark Smith était un imprudent.

— À toi, quel qualificatif faudrait-il te donner? Celui d'imbécile? D'irresponsable? Écoute-moi bien, Michel. Écoute-moi bien, une fois pour toutes. Je t'interdis formellement de remettre les pieds dans l'Ancienne Ville. Si cela se reproduit, je discuterai de ton cas avec les autres propriétaires de la Fédération. Je ne laisserai pas passer un nouvel écart de ce genre.

— Je suis libre de faire ce qui me plaît.

— Pardon? Ai-je bien entendu, Paperback? Ai-je entendu Michel Lenoir prétendre qu'il était libre de faire ce qui lui plaisait?

Paperback se racla la gorge.

— Vous avez bien entendu, monsieur Swindler.

— Alors, je dois rappeler à ce cher garçon qu'il se trompe royalement. Michel, que cela te plaise ou non, tu as une dette envers moi. Est-ce que tu comprends cela? Si tu joues au hockey aujourd'hui au lieu de croupir dans un taudis pour Inactifs, si tu manges trois repas par jour, si tu disposes de tout le confort imaginable, c'est uniquement grâce à moi. C'est moi qui t'ai sorti de la misère, je te demande de t'en souvenir. Tu es ma propriété, Michel.

C'est en écoutant pour la première fois ce type de sermon que Michel donna à David Swindler son surnom définitif. Il s'était dit que si un rutabaga pouvait parler, il émettrait sans doute exactement ce genre d'inepties.

— Mais je n'ai aucunement l'intention de m'emporter ce soir, reprit Rutabaga. Aujourd'hui est une journée mémorable. N'est-ce pas, Paperback?

— Tout à fait, monsieur Swindler! fit Paperback presque avec fierté.

— Assieds-toi, Michel. C'est pour te mettre au courant que je t'ai fait venir ici, car cela te concerne au plus haut point.

Oh! oh! se dit Michel avec appréhension. Quel désastre vont-ils m'annoncer? Quand ils sont joyeux, ces deux-là, c'est toujours mauvais signe.

— Tu as déjà entendu parler de T.I.L.T.?

— Absolument pas.

— T.I.L.T. est un puissant consortium industriel, un regroupement international d'entreprises spécialisées en robotique.

— Et ça me concerne, ça?

— Tu vas voir. Jusqu'à présent, les appareils fabriqués par ces entreprises étaient destinés à accomplir une tâche mécanique, ne demandant aucun esprit de décision. Même s'ils étaient conçus pour remplacer l'être humain dans divers secteurs, ils gardaient toujours l'apparence d'une machine. Or, voilà que T.I.L.T. va lancer prochainement un nouveau modèle de robot...

— Qui n'a pas l'apparence d'une machine, celui-là, devina Michel sans grand intérêt.

— Exact. Ces robots anthropomorphes peuvent être programmés pour exercer la plupart des métiers et professions. La clientèle cible de T.I.L.T., c'est bien sûr la grande entreprise. Non seulement ces automates seraient-ils plus efficaces que les Actifs, mais ils coûteraient formidablement moins cher à entretenir. Plus de salaires à payer, plus de congés, plus d'absences causées par la maladie, plus de grèves.

— Je comprends.

— La seconde cible serait le citoyen à revenu élevé qui pourrait disposer ainsi de domestiques dociles et peu coûteux. Tu vois, Michel, ces robots seraient en quelque sorte les substituts des humains. Et c'est en cela que cette affaire te concerne.

— Là, je ne vois pas du tout. À moins que T.I.L.T. ait décidé de leur donner mon visage...

— Tu brûles. T.I.L.T. va lancer dans les prochains jours une campagne monstre pour faire connaître son produit. Le clou de cette campagne relève simplement du génie. Écoute bien. T.I.L.T. a proposé à la Fédération internationale de hockey de mettre en branle une série de matches entre les meilleurs joueurs du monde et une équipe de robots construits et programmés pour jouer au hockey. Cette série se déroulerait à l'automne. Incroyable mais vrai: T.I.L.T. met la Fédération au défi de se mesurer avec ses mécaniques.

— Quoi! Mais c'est ridicule! Une machine ne peut pratiquer aucun sport!

— C'est aussi ce que je croyais, moi, ainsi que tous les autres dirigeants de la Fédération. Avant d'accepter ce défi, nous tenions donc à voir de quoi avaient l'air leurs succédanés d'athlètes. Nous avons assisté à une joute entre deux groupes de robots. Michel, on se serait crus à un vrai match avec de vrais joueurs. Les dirigeants de la Fédération se sont réunis de nouveau. Un comité d'experts a été formé pour s'enquérir des capacités réelles de ces mécaniques.

— Et qu'avez-vous appris?

— Que les robots sont en tous points égaux aux humains: force musculaire, champ de vision, ouïe, rapidité des réactions, vitesse sur la patinoire... La différence, c'est qu'ils ne peuvent commettre d'erreur «mentale». Ils font exactement ce qu'il faut quand il le faut. L'envers de la médaille, c'est qu'ils ne possèdent aucune imagination, aucun instinct. C'est donc par ce biais qu'il faudra les battre.

— Si je comprends bien, la Fédération a relevé le défi?

— Après plusieurs consultations et discussions, elle a décidé de foncer, en effet. Que pouvait-elle faire d'autre? À court terme, son prestige et sa crédibilité sont en jeu. À moyen terme, c'est l'existence des joueurs de hockey qui est menacée, c'est le hockey lui-même. Et à long terme, c'est l'espèce humaine tout entière.

— Vous n'y allez pas un peu fort?

— Tu es un inconscient, Michel. Cette série sera déterminante pour l'avenir de l'humanité. Si toi et tes futurs coéquipiers êtes déclassés par ces simulacres d'hommes, qui sait quelles en seront les conséquences?

Toi et tes futurs coéquipiers? pensa Michel. *Est-ce qu'il a vraiment dit ça?*

— Qu'est-ce que c'est que cette histoire?

Depuis quand est-ce que je fais partie de cette équipe, moi?

— Calme-toi, Michel, calme-toi. L'équipe de la Fédération n'est pas encore officiellement formée. Mais comme elle regroupera les meilleurs joueurs du monde, il est évident que tu en feras partie.

Michel sentit le besoin de hurler, mais il réprima sa fureur.

— Mike, reprit Rutabaga.

— Je ne m'appelle pas Mike!

— Michel... Tu es un exceptionnel fabricant de jeux, un marqueur comme on n'en avait plus vu depuis longtemps, le meilleur joueur de toute l'Amérique du Nord de l'avis de tous. À dix-huit ans, tu es l'idole des foules. Le monde entier te connaît. Tu es un phénomène du hockey et tu voudrais que nous nous passions de toi? Voyons, Whitey, à quoi penses-tu?

— Je ne m'appelle ni Whitey ni Mike, monsieur Swindler! Je vous prierais d'utiliser mon vrai prénom!

Par une fantastique ironie du sort, Michel Lenoir avait une chevelure extraordinairement claire, presque blanche. Dès son entrée dans les circuits qui allaient ensuite le mener au vedettariat, les journalistes et

les commentateurs s'étaient plu à le sur-
nommer «Whitey».

Michel «Whitey» Lenoir s'était mis très
rapidement à détester sa chevelure à cause
de ce surnom. Comme plusieurs jeunes, il
se teignait les cheveux en essayant une à
une toutes les couleurs du spectre. Lors de
sa visite chez les Inactifs, le brun artificiel
de sa chevelure l'avait, bien sûr, aidé à passer inaperçu.

— Puisque tu le prends sur ce ton,
Michel, je te rappelle qu'en vertu de notre entente, tu n'as pas le choix. Tu dois
m'obéir.

Le voilà reparti là-dessus! pensa Michel
en contenant sa rage.

— Cela est écrit sur ton contrat. Paperback, montre à Michel son contrat, je te
prie.

Paperback amorça un mouvement vers
une mallette posée sur un bureau.

— C'est inutile, dit Michel avec lassitude. Vous savez très bien tous les deux
que je ne sais pas lire.

Il s'arrangea pour couper court à la conversation, assuré qu'encore une fois, tout ce
qui le concernait était décidé d'avance. Ré-
signé mais incapable de dissiper sa colère,

il s'engouffra dans un taxi pour se réfugier dans son appartement à quelques kilomètres de la Forteresse.

**

Chez lui, il choisit quelques disques dont les plus vieux auraient fait l'envie de n'importe quel collectionneur. Il se plongea dans l'écoute enivrante des musiques de UFO et de Judas Priest qui se répercutaient contre les murs de son logis.

Puis il écouta des groupes contemporains qu'il avait déjà vus en spectacle à la télévision et parfois dans des stades de la Nouvelle Ville: *Helter Skelter, Hound of the Baskerville* ou *Satanic Rites of Dracula.*

L'enchaînement musical se prolongea plusieurs heures et Michel commença à se sentir mieux ou plutôt à oublier sa furie.

Plus tard, il fit taire sa chaîne stéréo et alluma l'écran immense qui tapissait un mur de sa chambre. Il s'empara d'une pile de cassettes et il les installa dans le dispositif automatique du magnétoscope. Il passa le reste de la nuit plongé dans la contemplation de vieux films qu'il avait vus cent fois tant il les aimait.

Il y avait *Flash Gordon conquiert le monde,* version 1940, qui ne durait pas moins de 384 minutes, *Le fils de King Kong* et *Jesse James contre la fille de Frankenstein.* Lorsque les rayons du soleil envahirent son appartement, Michel était endormi depuis une heure, tandis que se succédaient devant lui les meilleures scènes de son film préféré peut-être: *Les lutteuses contre le robot assassin.*

Chapitre 3

L'entraînement

Au cours de l'été, T.I.L.T. fit connaître son produit avec grand fracas.

Sauf dans les quartiers miséreux des petites villes où les promoteurs n'espéraient pas susciter beaucoup d'intérêt, peu de gens de par le monde n'entendirent pas parler des robots anthropomorphes. On les voyait partout, à la télévision, sur des panneaux-réclames, même dans la rue où on les faisait déambuler telles les attractions d'un cirque étrange.

C'est avec un sourire en coin que le consommateur ordinaire les regarda apparaître, s'intéressant à eux comme à un jouet fascinant mais inutile. Il n'en fut pas de même pour les citoyens plus riches, ni pour les gestionnaires des grandes entreprises qui entrevoyaient déjà les bénéfices engendrés par l'achat de ces robots.

L'intérêt général monta d'un cran lorsque le défi sportif fut annoncé et d'un autre lorsque la Fédération fit connaître sa réponse affirmative.

Dès lors, l'allégresse déferla sur les pays où le hockey était un sport d'importance, une allégresse qui tranchait avec la grise morosité que les populations avaient développée. C'était comme si une fée invisible balayait la poussière accumulée dans les coeurs, pour les repeindre ensuite d'une couleur d'or.

Peu habitué de songer à demain, on oubliait qu'une fois la série terminée, la poussière retomberait sur les âmes aussi rapidement qu'elle en avait été enlevée.

***

T.I.L.T. fut le premier à annoncer le nom de son équipe. Sur les panneaux géants de toutes les grandes villes, un slogan en lettres lumineuses fit son apparition: «La Machine humaine vaincra, car elle est parfaite.»

La Machine humaine! Voilà le nom que l'on avait choisi pour attirer la sympathie du public.

La réplique de l'adversaire ne tarda pas. «Nos Croisés valeureux sont prêts», répondit la Fédération internationale de hockey. Et ce fut l'amorce d'une campagne parallèle, aussi intense, aussi omniprésente que la première.

Puis la Fédération fit connaître le nom des joueurs sélectionnés pour former son équipe. Les athlètes proviendraient de dix pays: Allemagne, Canada, États-Unis, Finlande, Italie, Japon, Québec, Russie, Suède et l'Union tchécoslovaque.

Ainsi donc, on verrait dans la même formation des hockeyeurs aussi prestigieux que le gardien de but russe Vladimir Chebotaryov, l'incroyable défenseur américain Basil «Butch» Dickey, le fantastique ailier canadien Bill Raynor et le surprenant joueur de centre Carlo Carlini d'Italie. Sans oublier le fameux trio tchécoslovaque composé de Frantisek Hrubin, Jiri Tarantik et

Zedenik Stehlik.

Mais le choix le plus acclamé fut celui de Michel Lenoir, cette merveille de dix-huit ans qui, en trois saisons, avait déjà pulvérisé tous les records.

***

En juillet, les deux parties convoquèrent une conférence de presse conjointe.

La Fédération et T.I.L.T. s'étaient mis d'accord sur une série de trois matches entrecoupés d'intervalles de cinq jours. Les joutes seraient disputées dans les villes suivantes: d'abord Kimura au Japon, puis Kalinine en Russie et enfin Lost Ark aux États-Unis.

Les règles du jeu étaient inchangées, sauf en ce qui concernait la rudesse. Tout plaquage était interdit, car un robot pouvait blesser gravement un homme et un homme pouvait démanteler un robot. Toute bousculade, tout geste agressif seraient sévèrement punis.

Les bagarres étaient évidemment prohibées, bien qu'elles soient théoriquement impensables étant donné qu'un robot ne ressent ni frustration ni colère. Toutefois, un joueur humain voulant entraîner un automate dans une querelle serait aussitôt chassé du match et de la série.

Avant chaque match, des inspecteurs de la Fédération, accompagnés de spécialistes en robotique ainsi que des officiels de la série, iraient vérifier l'état des automates. Les deux équipes tenaient à préciser que, si on constatait le moindre dérèglement dans la conduite des robots, la série serait immédiatement interrompue.

Enfin, la Fédération internationale de hockey présenta celui qu'elle avait élu instructeur-chef. Il s'agissait de Tomoyuki Tanaka, du Japon.

**

L'entraînement des Croisés valeureux débuta en août dans la ville de Kimura où devait être disputé le premier match.

— Heureux de vous voir tous ensemble, dit Tomoyuki Tanaka en anglais devant son équipe rassemblée pour la première fois. Nous sommes ici, messieurs, pour une seule chose, vous le savez tous: remporter la victoire.

Marchant dans l'allée centrale de la salle

de conférence, il s'arrêta soudain, droit comme un soldat à l'attention.

— À partir d'aujourd'hui, aboya-t-il, je ne veux plus voir aucun d'entre vous avec ces maquillages ridicules ou ces cheveux colorés! Que ceux qui ont les cheveux ras les laissent pousser! Je ne veux plus de moustache ni de barbe! Quant à vos vêtements, vous porterez désormais un complet à chacune de vos activités officielles! C'est bien compris, messieurs?

Les joueurs se regardèrent, stupéfaits. Jim Whiton, un Canadien, chuchota à l'oreille de Michel Lenoir:

— Crois-tu que les robots sont soumis aux mêmes règles?

Les yeux agrandis par l'incrédulité, Michel ne sut quoi répondre.

— Tout ce qui me reste à faire, dit Whiton, c'est de demander qu'on m'échange à la Machine humaine.

***

Du lendemain jusqu'à la veille de la première joute, les journées furent divisées comme suit: gymnastique et sport d'intérieur le matin, manoeuvres spécialisées sur glace et match intra-équipe l'après-midi. Sauf les fins de semaine, toutes les soirées comportaient une séance de patinage dirigé.

Comme ses coéquipiers, Michel transpira tellement pendant ces exercices qu'il crut être sur le point de se déshydrater. Il perdit plusieurs kilos, eut de nombreuses crampes, se fit une entorse et développa une aversion pour tout ce qui s'appelait entraînement. Il se rendit compte que, dans sa courte carrière avec les Raiders, il n'avait fait que s'amuser.

Un après-midi, comme l'équipe réintégrait le vestiaire, il profita de l'absence de l'instructeur pour montrer la hargne qui le brûlait:

— Non mais, les gars, voulez-vous me dire quelle espèce de sadique ils nous ont mis sur le dos? Je me décompose à vue d'oeil! Je ne dors plus tellement je suis épuisé! Des séances d'entraînement pareilles, je n'ai jamais vu ça, moi! Et puis, d'où sort-il, ce Tomoyuki Tanaka? Jamais entendu parler de lui avant qu'ils nous l'imposent!

— Tu veux peut-être que j'en parle? fit Akira Mitsuwa avec calme. Dans mon pays, Tomoyuki Tanaka est considéré comme le meilleur instructeur. Son équipe vient de remporter pour la cinquième fois consécutive le championnat du Japon. Pourtant, aucun de ses joueurs n'a jamais marqué plus de trente buts dans une saison.

Toute l'équipe écouta Mitsuwa attentivement.

— Tomoyuki Tanaka a façonné ce groupe d'hommes pour qu'il fonctionne comme un être unique. Et ça lui réussit. Il ne croit pas aux vedettes. Voilà pourquoi il nous traite de cette façon-là. Que nous soyons considérés comme les meilleurs joueurs du monde, ça ne l'impressionne pas.

Un soir, Michel patinait avec ses coéquipiers, fatigué, distrait, rêvant aux mélodies brutales du groupe *Invasion of the Zombies,* quand la voix autoritaire de l'instructeur trancha le silence:

— Michel Lenoir! Vous avez de la difficulté à tourner à gauche!

— Quoi!

— Vous tournez mal à gauche! Il faut améliorer ça!

— Voyons, c'est la première fois que quelqu'un me reproche une chose pareille! Qu'est-ce que vous me chantez là?

— Je vous répète que vous tournez très

mal à gauche! Exercez-vous tout de suite à tourner à gauche!

— Mais je...

— Il n'y a pas de mais! Allez, Michel Lenoir!

Avant de quitter la glace une heure plus tard, Michel sentit sur son dos une main amicale. Il se retourna, le visage dégoulinant d'une sueur triste, et reconnut Otto Rung, l'un des deux Suédois de la formation.

— Ne t'en fais pas, garçon, lui glissa Rung. Il a fait ça pour casser ton orgueil devant tout le monde. Je suis sûr que nous y passerons tous, l'un après l'autre.

Quand Michel emprunta le couloir conduisant au vestiaire, Rung ajouta:

— Mais il faut admettre qu'il avait un peu raison. Pour ton coup de patin, je veux dire. Tu peux faire mieux que ça...

Michel patinait beaucoup mieux le lendemain, simple résultat d'un amour-propre tenace, et Tanaka ne trouva rien à redire.

***

Une semaine après le début du camp d'entraînement, la presse internationale fut invitée à interviewer les joueurs après la séance de l'après-midi. Malgré leur lassitude, ceux-ci durent donc partager leur vestiaire avec des journalistes fougueux et de bonne humeur. L'instructeur, quant à lui, avait préféré ne pas être présent à cette rencontre.

— Comment vous sentez-vous, les gars? demanda un envoyé des États-Unis. Prêts à affronter cette équipe mécanique?

— Nous étions déjà prêts avant le camp d'entraînement, blagua Hans Werkemeister, le seul Allemand du groupe.

«Nous étions même sûrement plus prêts avant ce damné camp!», eurent envie d'ajouter la plupart des joueurs.

— Combien croyez-vous marquer de buts contre les robots? interrogea une Finlandaise.

— Au moins soixante, dit Fyodor Otzep de Russie.

— Mais il n'y a que trois parties!

— Ah! il y en a trois? Alors, euh... Trois multiplié par soixante, ça fait cent quatre-vingts!

— Michel Lenoir, questionna un Québécois, vous personnellement, combien de buts prévoyez-vous marquer?

— Combien en voulez-vous? répliqua

Michel avec un faux sourire.

— Monsieur Michel Lenoir, fit à son tour une Américaine, ne croyez-vous pas que vous et vos coéquipiers menez en général une vie trop oisive et trop luxueuse? Avant que Tanaka arrive ici, n'étiez-vous pas trop mal entraînés pour affronter aujourd'hui des créatures parfaites?

Tous les journalistes se tournèrent vers la jeune femme. Il y eut un silence.

— Qui... qui êtes-vous? s'enquit Michel.

— Virginia Lynx du journal *La mère l'Oie*. Mais vous ne répondez pas à mes questions...

Plusieurs des journalistes présents n'avaient jamais entendu parler de Virginia Lynx, mais tous les reporters américains la connaissaient et la détestaient. Ils ne pouvaient supporter son inébranlable sens critique, son sérieux et aussi sa manie de fouiner partout.

— Qui est-ce? demanda Michel à un journaliste qu'il connaissait.

— La contrariété personnifiée. Elle travaille pour un journal de rien du tout.

— Madame Lynx, dit Michel à haute voix, vos questions sont déplacées. Elles sont même sans intérêt, je n'ai pas l'intention d'y répondre.

— Lorsque vous aurez perdu cette série, monsieur Lenoir, et que les robots vous auront remplacés dans les stades, quel genre d'emploi comptez-vous exercer?

Interloqué, il ne réagit pas tout de suite. Puis il explosa:

— Sortez cette femme! Que veut-elle donc obtenir en venant ici? Nous démoraliser? Sortez-la!

Virginia Lynx fronça les sourcils, puis elle baissa la tête. Michel se mordait les poings de rage.

— Allons, allons, mon vieux, lui chuchota Ray Taylor. Ne t'emporte pas comme ça, ce n'est rien. Tu es fatigué. Tu devrais aller faire une sieste.

Michel sortit, mais il n'alla pas faire une sieste. Dans sa chambre d'hôtel, il ouvrit la radio à tue-tête et se réjouit un peu en découvrant que l'on y passait un concert de *Creeping Terror.* Quand la pièce *Frankenstein et le monstre de l'enfer* commença, il hurla les paroles pour enterrer en lui ce qu'il venait d'entendre au vestiaire.

***

Quelques jours plus tard, on annonça aux joueurs que les dirigeants de la Machine humaine leur permettaient d'assister à une séance de mise au point des automates.

Les hockeyeurs se retrouvèrent dans un stade à proximité de celui où ils s'exerçaient eux-mêmes. À l'apparition des robots, ils s'amusèrent à les siffler.

— Voici les redoutables joueurs électroniques! lança Karel Zeman, le gardien de but tchécoslovaque. Regardez-moi leur allure! J'en prendrais bien un ou deux pour décorer mon salon.

— Après la série, je vais sûrement en acheter un pour nettoyer mes tapis, dit Al Decourville du Québec.

— Une fois vidés de tout ce qu'ils ont en dedans, renchérit Frantisek Hrubin, ils devraient faire des poubelles tout à fait valables.

En mouvement, les automates ne ressemblaient aucunement à des machines. Tout en eux paraissait vivant. Aucun de leurs gestes n'était saccadé, ce qu'ils accomplissaient dénotait la plus grande souplesse. Les robots patinaient, s'échangeaient la rondelle et marquaient des buts de la même façon que les joueurs humains.

Ce qui les distinguait, c'était l'absence d'émotion. Ils ne manifestaient rien parce qu'ils ne ressentaient rien. Pas de signe de nervosité. Pas de bras en l'air après un but. Pas de marque d'amitié entre eux.

Quand ils étaient revenus au banc, c'était comme s'ils se transformaient en statues, comme s'ils s'éteignaient, comme s'ils mouraient. Ils demeuraient fixes jusqu'au prochain signal de leur instructeur.

D'autre part, ils ne commettaient pas de maladresse. Tous leurs tirs au but étaient précis, toutes leurs passes étaient bonnes. Ils ne pénétraient jamais en zone adverse avant la rondelle et ne se faisaient jamais surprendre en dehors de leur position.

Après une période de jeu, les membres de l'équipe humaine avaient abandonné tout sarcasme. Ils ne riaient plus, ils gardaient le silence.

Pour la première fois, ils prenaient conscience que rien ne serait facile dans leur bataille contre les mécaniques.

Dans quelle galère est-ce que je suis embarqué? pensa Michel en observant avec attention le travail d'un gardien de but. *D'où sortent-ils, ces automates? De pures merveilles! Je m'attendais à des guignols et ce sont de super athlètes. Ils sont infaillibles.*

À travers la baie vitrée, il examina un robot immobile qui attendait la mise au jeu.

Que c'est étrange! Quand on le voit avec son équipement de hockey, on croit vraiment qu'il s'agit d'un homme. C'est quand on regarde son visage que tout change.

En effet, si le visage des robots avait été dessiné pour ressembler à celui d'un humain, il n'avait par contre aucune expression. Sur ces masques anonymes, la vie faisait place à une rigidité mortuaire.

— Eh bien, les amis! dit le Suédois Xenius Rostock dans le hall après la séance. Je ne sais pas si vous avez vu ce que j'ai vu, mais je crois qu'il va falloir désormais prendre notre entraînement au sérieux.

— C'est ça! bougonna Bill Raynor. Tanaka est beaucoup trop aimable avec nous!

— Ce n'est pas ce que je veux dire, mais je ne m'attendais pas à ce que je viens de voir...

— Tu n'es pas le seul. Personne ne s'y attendait.

***

Le lendemain soir fut l'occasion d'oublier et de se défouler.

C'était samedi. Heureux de briser la routine étouffante qu'on leur imposait, les joueurs se regroupèrent dans la chambre de Carlo Carlini dans le but de faire une virée des discothèques de la ville.

Ils étaient tous là, exubérants, blagueurs et bruyants. Les règlements ne tenaient plus. On avait troqué le trop officiel complet bleu pâle contre des vêtements plus personnalisés.

Jean-Louis Richard exhibait fièrement l'uniforme sale des éboueurs québécois. Koreyoshi Akasaka avait enfilé son sarrau de boucher maculé de taches rouges. Sur le tee-shirt de John Russel, l'abominable docteur Phibes grimaçait de toute sa cruauté. Jim Whiton s'était maquillé en astrozombi. Akira Mitsuwa se cachait derrière le masque reptilien de l'incroyable Varan. À pied, le groupe s'ébranla vers le centre-ville de Kimura qui était interdit aux Inactifs.

De nombreux passants reconnaissaient les joueurs. Certains, enthousiastes, leur demandaient des autographes. Mais la plupart des Croisés valeureux ne sachant pas écrire, ces passants se contentaient de leurs empreintes digitales sur dactyloplaquette.

Les joueurs dansèrent sur les pistes d'une dizaine de discothèques décorées des effigies de Godzilla, de Megalon ou de Gigantis. Dans la musique trépidante de *Beast of Blood* ou dans celle plus ancienne de *Led Zeppelin*, ils auraient sans doute accepté ce soir-là de se noyer à jamais.

Chapitre 4

Kimura

Le grand stade de Kimura était bondé pour le premier match.

La foule exaltée se composait surtout d'Inactifs qui s'étaient privés de l'essentiel pour assister à l'événement. Quant aux Actifs et aux riches, ils avaient plutôt choisi le confort et la sécurité de leur salon muni d'un écran de télé.

Comme il fallait payer très cher la réception de la partie, plus cher encore qu'un billet d'entrée au stade, les Inactifs qui voulaient voir le match devaient se rendre sur les lieux ou s'en passer.

Gonflés à bloc par les campagnes de promotion, les spectateurs remuaient dans les gradins comme un liquide sur le point de bouillir. À travers une musique à peine audible interrompue souvent par les inévitables publicités, ils scandaient le prénom de leurs favoris: «Akira! Akira!» ou encore «Koreyoshi! Koreyoshi».

Les athlètes japonais n'étaient pas les seuls à être impatiemment désirés. On prononçait beaucoup le nom des trois Tchécoslovaques et plus encore celui de Michel Lenoir. À Kimura, les journalistes étaient d'accord pour prédire au jeune hockeyeur une série très fructueuse.

La Machine humaine se présenta sur la patinoire en premier et le public la reçut avec des cris non équivoques. Des objets lancés par des spectateurs rebondirent sur le dôme électromagnétique et retombèrent dans les gradins. Quelques policiers se précipitèrent pour expulser les responsables. Des échauffourées suivirent.

Les automates patinaient d'un rythme lent et assuré. Leur instructeur apparut au banc, aussitôt hué par la foule. Saac Amisov travaillait pour T.I.L.T. comme technicien spécialisé à la fois en robotique et en hockey. Les insultes les plus odieuses parvinrent à ses oreilles mais, heureusement pour lui, il ne comprenait pas le japonais.

Lorsque les joueurs de l'équipe humaine sautèrent sur la glace, ils furent accueillis par un débordement de lumière, de musique et de détonations. Le public leur fit une ovation passionnée. Des bagarres éclatèrent entre spectateurs, résultats d'une ferveur irrépressible. Un fanatique s'élança sur le dôme et glissa jusqu'à un groupe de policiers qui l'attendaient.

Puis les deux équipes se placèrent face à face sur leur ligne bleue respective. D'une voix gonflée par la fierté, l'annonceur procéda à la présentation des Croisés valeureux.

À chaque joueur qu'il nommait, la foule hurlait son plaisir. Elle reçut d'une façon toute particulière les Japonais et le trio tchécoslovaque.

Quand vint le tour de Michel Lenoir, l'acclamation fut si longue que l'annonceur décida de l'interrompre en passant au joueur suivant. Mais comme sa voix ne pouvait percer le tumulte, il se tut de nouveau et prit son mal en patience.

Qu'attendent-ils de moi? se demanda Michel. *Que je fasse gagner l'équipe tout seul? Je ne pense pas que ce sera aussi facile qu'avec les Raiders. Je me sens seul aujourd'hui. C'est comme si j'allais jouer mon premier match dans les grandes ligues. Je ne suis plus une vedette, mais un débutant.*

Tomoyuki Tanaka fut invité à se rendre sur la glace pour saluer le public. Celui-ci l'ovationna chaleureusement.

La présentation de la Machine humaine fut plus courte et d'une autre nature. Comme les membres de l'équipe mécanique ne portaient pas de nom, on se contenta de nommer leurs principaux concepteurs, les responsables du projet et l'instructeur-chef. La foule se plut à ensevelir tous ces renseignements sous ses cris.

Derrière le banc, Tanaka fit ses dernières recommandations aux Croisés:

— Rappelez-vous d'éviter la rudesse! Je ne tiens pas à subir trop souvent les robots pendant une pénalité.

Pour qui nous prend-il? se dit Michel. *Pour de parfaits abrutis? Il ne nous l'a pas assez répété pendant le camp d'entraînement, d'éviter la rudesse?... Ah! je devrais cesser de bougonner contre lui! C'est mon instructeur, après tout! Nous sommes du même côté! Et il sait ce qu'il a à faire!*

La partie débuta sur une note qui augurait bien pour le reste de la série. Pendant les quinze premières minutes, on aurait dit que les deux formations s'étudiaient l'une l'autre, évaluant les points faibles à exploiter chez l'adversaire, cherchant la faille où concentrer l'attaque. Mais les équipes étaient excellentes, aucune faiblesse ne sautait aux yeux. Les jeux étaient bien exécutés et les défensives s'annonçaient imperméables.

Puis Basil Dickey mérita une punition pour avoir fait trébucher un rival. C'était la première pénalité du match.

Pour contrer les robots durant ces deux inquiétantes minutes, Tanaka désigna deux joueurs de défense, Otto Rung et Alexander Karantsev, ainsi que deux avants, Koreyoshi Akasaka et Michel Lenoir. Ce dernier s'étonna d'avoir été choisi, puisqu'il était reconnu surtout pour ses talents offensifs.

Tanaka s'attend à ce que je profite d'une trouée pour m'échapper, supposa-t-il.

Il n'y eut toutefois ni trouée ni échappée d'un joueur de l'équipe humaine. Superbement maîtrisée par les automates, la rondelle passa d'un bâton à l'autre en sifflant, s'arrêta devant le but des Croisés valeureux où un robot était posté et elle parut bondir d'elle-même dans le filet.

L'exécution avait été rapide, étourdissante, saisissante. La Machine humaine avait complètement paralysé ses adversaires. Michel revint au banc, honteux et en furie.

J'ai vu comme une étoile filante sur la patinoire et déjà le but y était. Où se trouvaient mes jambes pendant ce jeu?

— Nous ne pouvons plus nous permettre d'avoir de pénalité, conclut Tanaka. Je n'ai jamais vu une attaque à cinq comme celle-là!

Les Croisés devaient subir une seconde pénalité avant la fin de la période et cette fois l'instructeur n'envoya que des spécialistes en défensive. La résistance de ses joueurs faiblit moins vite qu'à la première occasion, mais un tir de la ligne bleue fit grimper la marque à 2-0.

— Vous avez vu la vitesse de leurs tirs? s'écria Hans Werkemeister. Ils sont plus rapides que les nôtres! Ces robots sont supérieurs à nous! Ce n'est pas ce qu'on nous avait dit!

— Ce tir n'était pas si rapide, répondit

Tanaka. Mais il était précis. À nous d'en faire autant.

Au début de la deuxième période, quelques Croisés s'y essayèrent. Quand la rondelle se fraya un chemin jusqu'à Michel Lenoir en zone adverse, ce dernier tenta de déjouer le défenseur qui lui faisait face, mais en vain. Il décocha alors un tir voilé qui rata malheureusement la cible.

«Michel! Michel!» s'était mise à scander la foule avec espoir.

Un robot s'empara du retour, zigzagua d'une extrémité à l'autre de la patinoire et se présenta seul devant Vladimir Chebotaryov. Ce fut 3-0 et Chebotaryov expliqua par la suite qu'il n'avait même pas vu la rondelle quitter le bâton de l'automate.

Les Croisés valeureux purent enfin déployer une attaque à cinq dans les minutes qui suivirent. Tanaka fit alterner rapidement les trios afin d'opposer aux automates des joueurs alertes. Les Tchécoslovaques eurent les meilleures chances de marquer, mais le gardien mécanique bloqua tous les tirs.

Dix secondes avant la fin de la punition, un robot s'échappa et parvint à déjouer Chebotaryov. De retour au banc, Carlini fracassa son bâton contre la bande. Tanaka lui adressa un regard furieux.

— Je ne veux plus de ce genre de réactions! cria-t-il à tous. C'est justement le temps de garder son sang-froid! Vous m'avez bien compris?

Nous t'avons compris, mon cher Tomoyuki, se dit Michel. *Mais là, tu en demandes beaucoup! Garder son sang-froid quand on se fait ridiculiser par des jouets!*

À la fin du deuxième tiers, un automate enleva le disque que tentait de conserver Michel et fit une superbe passe à un coéquipier. Celui-ci passa la rondelle à un troisième robot qui venait de freiner à quelques mètres de Chebotaryov.

Sous l'effet d'un vigoureux tir du poignet, le disque s'éleva presque verticalement, parut toucher la barre horizontale et retomba dans le gant du gardien. Un halo scintilla autour de Chebotaryov, mais la lumière rouge s'était allumée et le hululement qui signalait le but avait retenti.

Les Croisés valeureux se ruèrent sur l'arbitre.

— Depuis quand est-ce qu'il y a but quand on frappe la barre horizontale? fit le gardien avec indignation.

— Tu sais très bien que le disque a

pénétré dans le filet, fut la seule réponse de l'arbitre.

Évidemment, Chebotaryov et ses coéquipiers le savaient. Non pas qu'ils aient vu la rondelle toucher l'intérieur du filet, mais ils connaissaient l'infaillibilité du système qui permettait de valider ou de rejeter un but. Les minuscules caméras incorporées à l'armature du filet ne pouvaient se tromper. On en avait obtenu la preuve à de nombreuses reprises en regardant le film après les matches. Il en était de même pour les hors-jeu automatiquement signalés grâce aux caméras encastrées dans les bandes.

— Pas de chance! Pas de chance! grogna Michel.

— Ouais, dit John Russel, assis à ses côtés. C'est ce que vous appelez en français la guigne, je crois?

Pendant l'entracte, les joueurs auraient apprécié le silence et le calme. Mais Tanaka, semblait-il, avait beaucoup de commentaires à formuler, de conseils à fournir et de flèches à décocher.

Cible principale de ces observations, Michel feignit d'écouter religieusement son instructeur. En réalité, il cherchait les paroles d'une chanson qu'il avait souvent fredonnée quand il était enfant et dont il ne se rappelait même plus le titre.

Il aurait aimé rentrer chez lui et dormir. Il se sentait dépassé. Comme si le monde avait soudain pris des proportions gigantesques et que lui, au contraire, était devenu un nain.

Durant la troisième période, une lueur d'espoir s'alluma chez les Croisés valeureux. Les joueurs de l'Union tchécoslovaque semblèrent se déchaîner, marquant trois buts coup sur coup. Les autres les félicitèrent ardemment et les sourires réapparurent sur les visages. Mais comme un écho qui aurait résonné à contretemps, la Machine humaine, elle, marqua trois buts dans les dernières minutes du match.

— Tu parles! s'exclama Riso Jarva à Decourville en marchant vers le vestiaire. Un compte de 8-3, je crois que la presse va appeler ça une victoire convaincante!

— Et on peut dire que c'est aussi une défaite sacrément convaincante! marmonna Decourville, songeur.

***

Tomoyuki Tanaka se garda bien de sermonner ses joueurs pour qui la défaite était déjà un fardeau suffisant.

Michel fixa longtemps le plancher, l'esprit vide. Après sa douche, il revêtit lentement son complet bleu, puis il se dirigea vers le vestiaire des automates.

Ça ressemble à quoi, des robots qui viennent de remporter une grosse victoire? Est-ce que ça rit? Est-ce que ça se moque de l'adversaire? Ont-ils sablé le champagne pour fêter ça?

On n'eut aucune objection à le laisser entrer dans le vestiaire de la Machine humaine.

Michel se dit que le terme vestiaire était loin de décrire convenablement ce qu'il vit alors. Il connaissait bien l'atmosphère de ces salles remplies d'athlètes éreintés, au corps ruisselant de transpiration, au visage morne ou hilare selon qu'ils avaient subi une défaite ou gagné une bataille. Mais il n'y avait rien de semblable ici.

Aucune des machines-à-jouer-au-hockey n'était reconnaissable. Près de Michel, un technicien passait un chiffon sur une tête qu'il s'apprêtait à déposer au fond d'un coffre parmi une douzaine d'autres. Les automates n'étaient plus des imitations d'hommes, mais des membres synthétiques amputés, des torses ouverts, des viscères transistorisés étalés sur des tables.

Ils les démontent après les matches! Incroyable! Nous venons d'être battus par ce méli-mélo de pièces sans vie et sans volonté...

— Voici donc nos successeurs à tous! prononça une voix féminine derrière lui.

Se retournant brusquement, il vit la journaliste américaine qui l'avait exaspéré un certain après-midi du camp d'entraînement.

— Vous me reconnaissez? fit-elle avec un sourire. Virginia Lynx du journal *La mère l'Oie.*

— Oui, je vous reconnais. Vous m'avez mis drôlement en colère l'autre fois.

Ils se serrèrent la main et reportèrent leur attention sur le travail délicat qui s'effectuait autour d'eux.

— Remarquable, non? demanda-t-elle.

— C'est le moins qu'on puisse dire! répondit Michel avec perplexité.

— Vous ne vous attendiez vraiment pas à être battus?

— Je ne sais pas... Je n'y comprends rien... Nous sommes les meilleurs joueurs du monde et notre instructeur, il faut bien l'avouer, est excellent. J'ignore ce qui s'est passé. J'ignore ce qui se passe. J'ai honte et, en même temps, je suis en colère. Je veux une revanche et, en même temps, je nous sens déjà battus. Je n'ai jamais rien ressenti de pareil.

Michel était bouleversé.

— Vous tombez de haut, commenta Virginia Lynx.

— Que voulez-vous dire?

— Auparavant, toute cette adulation, cette idolâtrie... «Michel Lenoir, le meilleur joueur du monde!»... Et maintenant, ça! Ne vous demandez-vous pas ce que demain vous réserve?

— Mais il n'y a rien de changé! Je suis toujours le même joueur!

— Vous n'étiez pas l'ombre de vous-même aujourd'hui...

— Ce n'est rien! Ce n'est qu'un match! Un seul match ne démolit pas une carrière au complet!

— Vous vous croyez donc tellement à l'abri de tout?

Sur le point de hurler, il s'aperçut que des techniciens les observaient.

— Sortons, voulez-vous? Je suis en train de passer pour un fou ici.

Dans le couloir, il poursuivit sur un ton plus doux:

— Mais vous avez un peu raison, je crois. Je manque de confiance, aujourd'hui. Je me sens bizarre.

À quoi pense-t-elle en ce moment? Et pourquoi s'amuse-t-elle à me faire perdre mon sang-froid? Cette femme est étrange. Je ferais sûrement mieux de la quitter sur-le-champ.

— Si nous allions quelque part pour bavarder? suggéra-t-il en se surprenant lui-même.

— Comment? Michel Lenoir, le demi-dieu, qui invite la plus enquiquinante des journalistes? Je ne voudrais rater ça pour rien au monde!

***

En taxi, ils se rendirent dans un bistrot que connaissait Virginia Lynx. La conversation reprit dans un décor apaisant où brillait une pâle lumière.

— Un café? proposa Michel.

— Je ne peux pas refuser. Normalement, je suis incapable de m'offrir ça.

— Vous êtes bien payée pourtant. Des

journalistes m'ont déjà parlé de vos salaires.

— Des journalistes de la télévision, sans doute, ce qui n'a rien à voir avec la presse écrite. Notre clientèle se limite à une poignée d'Actifs. Les gens ne lisent plus, mais ils possèdent tous un écran de télévision. Le coût du papier y est aussi pour quelque chose...

Elle eut un sourire amer.

— Au début, certains de mes collègues ont essayé de vendre le journal dans les quartiers pauvres du Freedom State. Des Inactifs les ont assaillis pour s'emparer du papier. Une pile de journaux vaut une fortune sur le marché du recyclage!

— Tout ça n'est pas très satisfaisant, il me semble. Pourquoi donc faites-vous ce métier?

— Parce qu'il me permet de réfléchir. Et de chercher, disons, «l'anguille qui se cache sous la roche». En d'autres mots, j'essaie de découvrir tous les mensonges que l'on dresse autour de nous.

— C'est-à-dire?

— Vous ne vous posez jamais de questions sur le monde qui vous entoure? Sur l'inégalité, par exemple? Ou même sur votre profession?

— Quelles questions devrais-je me poser là-dessus?

Elle lui adressa un regard sévère et vaguement découragé. Michel but une gorgée de son café en détournant les yeux.

Voilà! Elle est en train de se dire que je suis un taré! Mais si elle parlait pour que je comprenne, aussi?

— Nous venons tout juste de faire allusion au coût croissant du papier, répondit-elle. Vous savez sûrement pourquoi le papier coûte si cher, pourquoi on n'en trouve à peu près nulle part.

— Je n'ai pas l'habitude de penser au papier, non.

— Eh bien, c'est parce que les forêts ont presque disparu de la surface de la Terre!

— Je ne vois pas le rapport.

— Êtes-vous sérieux? Ignorez-vous vraiment que le papier est fabriqué avec des arbres?... Et vos bâtons de hockey? Ils sont faits aujourd'hui avec un matériau synthétique mais, il y a une vingtaine d'années, on les taillait encore dans le bois. Vous ignoriez ça aussi?

— Bien sûr! Ça ne me paraît pas très important, d'ailleurs.

La journaliste n'en revenait pas.

— Ce café que nous buvons en ce moment, reprit-elle, s'il est aujourd'hui une boisson de luxe, c'est parce que les terres fertiles sont de plus en plus rares. Ces terres appartiennent à un nombre limité de consortiums qui vendent évidemment les produits à prix fort! Pendant que vous mangez des oranges ou des pommes de terre, les Inactifs les mieux nourris doivent se contenter d'une poignée de céréales!

Qu'est-ce que c'est, des céréales? faillit-il demander.

— Sans parler de l'eau! continuait Virginia Lynx. Combien de douches prenez-vous chaque jour? Deux? Trois? Saviez-vous que les Inactifs n'en prennent jamais? Saviez-vous qu'ils ne boivent presque jamais d'eau? L'eau est aussi précieuse actuellement que le pétrole au XXe siècle. La glace sur laquelle vous jouez vos parties est une substance artificielle. Pendant longtemps, les joueurs ont patiné sur de l'eau gelée. Sur de la glace, quoi! De la vraie glace!

— Mais que s'est-il passé?

— C'est à se demander si, à part le sport, vous connaissez quelque chose! lança-t-elle avec irritation. Vous n'avez jamais entendu parler de la dégradation que l'humain fait subir à son environnement? Catastrophes écologiques, pluies acides, pollution, effet de serre, ça ne vous dit rien?

— La pollution, oui! Je sais que l'air extérieur est pollué.

— Bravo, vous n'échouerez peut-être pas à l'examen! Si nous pouvons respirer à l'aise dans ce bistrot, dans nos appartements, dans les stades, c'est parce que l'air est réoxygéné. Comme il est impossible de faire ça avec l'atmosphère extérieure, vous imaginez ce que respirent les Inactifs...

— Je le sais, dit-il en baissant la tête. À Lost Ark, je me suis rendu dans l'Ancienne Ville. Déguisé, naturellement.

La jeune femme s'étonna.

— Wôw! Je tiens là un scoop du tonnerre! L'idole des foules se promenant incognito parmi ses admirateurs, au risque de sa vie!

— Vous allez en parler dans votre journal? demanda-t-il craintivement.

— Ne vous en faites pas, c'est une blague. Je ne raconterai même pas que nous nous sommes vus.

Elle se leva.

— Je dois vous quitter maintenant, monsieur Michel Lenoir. J'ai trouvé cette conversation très enrichissante.

Elle veut rire de moi ou quoi? pensa Michel.

— J'aurais une question à vous poser, ajouta-t-il avec embarras. Pourquoi couvrez-vous cette série de hockey? Quel rapport avec tout ce que vous venez de me dire?

Elle réfléchit un instant.

— Je vous répondrai trois choses. D'abord, je m'intéresse beaucoup aux industries du divertissement. Ensuite, je crains que l'arrivée des robots soit le prolongement de ce gâchis dont nous venons de discuter.

Elle sortit un taxiphone de son sac.

— Et finalement, je raffole du hockey! Ça doit vous faire plaisir, ça, non?

Michel la suivit des yeux tandis qu'elle s'éloignait vers la sortie, sourire aux lèvres.

Chapitre 5

Kalinine

Après la défaite de Kimura, Tomoyuki Tanaka avait hérité d'une double tâche.

Tout d'abord, il devait découvrir le moyen de contrecarrer la Machine humaine dans les deux prochains matches. Ensuite, il lui fallait redonner confiance à un groupe de jeunes athlètes complètement bafoués.

Il étudia les films de la partie afin d'identifier les principales tactiques appliquées par l'adversaire. Puis il tâcha d'élaborer avec ses assistants des jeux défensifs appropriés. Il craignait que les robots ne soient reprogrammés en vue du prochain match, ce qui aurait rendu tous ses efforts inutiles. Comme il ne pouvait rien faire contre cette possibilité, il l'oublia temporairement et se présenta devant ses joueurs en affectant la plus grande quiétude.

Par la suite, il s'aperçut que c'était la meilleure attitude à adopter. En voyant leur instructeur aussi confiant, les joueurs reprirent rapidement de l'assurance. Quelques jours plus tard, grâce à la nouvelle stratégie proposée par Tanaka, ils savaient très exactement comment vaincre les automates.

Sur le plan théorique, du moins.

***

Dès l'apparition des Croisés valeureux sur la glace du stade principal de Kalinine, on aurait dit qu'un fortifiant leur avait été administré. Ceux qui s'attendaient à les voir venir la tête basse furent surpris. Les joueurs humains, comme au seuil de la première joute, étaient remplis d'orgueil et de confiance.

La foule, qui appréciait leur image tranquille, manifesta tout de suite son approbation. Les robots, eux, furent accueillis par des huées, mais elles étaient cependant plus timides que la première fois. On observa au contraire ces mécaniques avec un mélange d'intérêt et de crainte, comme si l'on avait affaire à une sorte de démons apprivoisés.

Et le match commença.

Presque immédiatement, Michel Lenoir fila seul vers le but adverse dans un élan impossible à freiner. À cinq mètres du gardien, il leva son bâton pour décocher un tir, puis il trébucha bêtement. Il n'osa regarder personne dans les yeux quand il revint s'asseoir.

Le moral de l'équipe ne devait toutefois pas se ressentir de la maladresse, car une minute plus tard, Fyodor Otzep marquait le premier but de la partie.

Des objets voltigèrent au-dessus des gradins. Quelqu'un brandit une effigie d'automate à laquelle son voisin mit le feu. Des morceaux de tissu enflammés s'en détachèrent, semant la panique chez les spectateurs les plus rapprochés.

Une mélodie dramatique résonna dans le stade pendant que des éclairs colorés crépitaient à la surface du dôme.

«Le but des Croisés valeureux marqué

par le numéro 17, Fyodor Otzep», s'égosilla l'annonceur en russe, puis en anglais.

Les lumières s'éteignirent et le faisceau d'un projecteur se posa sur le Russe qui se pavanait sur la glace. Originaire de Kalinine même, Otzep reçut la plus belle ovation de sa jeune carrière.

À la reprise du jeu, le gardien tchécoslovaque Karel Zeman dut se surpasser à plusieurs reprises pour éviter un nivelage des points. Durant une trentaine de secondes, il cessa à peine de s'illuminer tant les tirs furent fréquents.

Puis un jeu habilement dessiné par les joueurs de pointe brisa son rêve d'un blanchissage. Furieux, Akira Mitsuwa faillit bousculer le marqueur. Il retint plutôt sa colère et se contenta de lui tapoter le dos. Des étincelles mauves s'éparpillèrent, mais l'automate ne se retourna même pas vers le Japonais. L'avance des Croisés n'avait pas duré deux minutes.

Derrière le banc des robots, des policiers s'abattirent sur un spectateur qui tentait de briser le dôme à coups de masse. Saac Amisov suivit la scène, les yeux exorbités. Un policier reçut un coup sur la tête et s'écroula. À l'aide de renfort, on parvint bientôt à éloigner l'agresseur et son maillet.

Les hockeyeurs humains durent subir deux désavantages numériques consécutifs. L'assaut des automates fut terrible, mais Zeman tint bon, privant la Machine humaine de deux ou trois buts assurés.

Otto Rung s'échappa seul et, au moment de tirer, il fut vivement accroché par derrière. La punition qui suivit permit aux Croisés valeureux de démontrer la puissance de leur attaque à cinq.

Néanmoins, la période se termina avec un pointage égal.

Durant la pause, la foule se moqua sans retenue du choeur de chant folklorique déniché à l'improviste, le groupe rock prévu à l'horaire n'ayant pu se rendre au stade. Une femme creva une enceinte acoustique. Les policiers ne comprirent pas comment le maillet, après avoir réussi à assommer un des leurs, avait pu revenir dans les gradins.

— Ça va mieux, hein, les gars? lança Jiri Tarantik dans le vestiaire.

— Beaucoup mieux! admit Dickey. On dirait même que les robots patinent moins bien.

— Mais non! s'interposa l'instructeur. Ça n'a rien à voir avec eux! C'est vous qui patinez mieux! Votre succès dépend de vous et de vous seuls!

Je me demande s'il m'inclut là-dedans, songea Michel avec dépit. *Je n'ai jamais joué aussi mal. J'ai presque envie de me déclarer malade... Secoue-toi, Michel! Secoue-toi!*

Michel aurait peut-être mieux fait de simuler un malaise, en effet. Au début de la deuxième période, il fit trébucher sans raison un rival, ce qui lui valut deux minutes au cachot. Pénalité stupide et désastreuse, car les robots en profitèrent pour prendre l'avance. Lorsque Michel leva la tête vers Tanaka, celui-ci le toisait avec mépris.

Je préfère ne pas savoir ce qu'il est en train de ruminer à mon sujet. De toute façon, je suis sûr de mériter ses reproches.

Quelqu'un projeta sur le dôme un volumineux contenant d'où s'échappèrent d'épaisses traînées de peinture jaune. Le match dut être interrompu, le temps de procéder à un nettoyage. Au bout de câbles accrochés à une passerelle, des employés s'exécutèrent promptement.

La protection des policiers leur fut toutefois nécessaire, car d'un peu partout, on s'amusait à leur lancer des bouteilles de plastique. Un gros homme eut même l'audace et l'agilité d'attraper les jambes d'un des ouvriers et de se balancer avec lui au-dessus de la foule.

L'annonceur cria des avertissements qui demeurèrent sans effet. C'est uniquement lorsque la joute recommença que le public se radoucit.

Le deuxième tiers fut dominé par la Machine humaine. Au cours de cette période, Zeman ne repoussa pas moins de vingt tirs. Aidé par ses coéquipiers qui se repliaient à la moindre alerte, il résista aux nombreuses et puissantes vagues offensives déferlant sur lui. Un automate se présenta même seul, sans réussir à marquer.

Le public, qui connaissait peu le joueur tchécoslovaque, se mit à apprécier chacun de ses gestes. Son arrêt époustouflant à la suite d'un fantastique jeu à trois déclencha un tonnerre d'applaudissements. On scanda le nom de la nouvelle idole.

À la dix-neuvième minute, Zeman intercepta une courte passe derrière son filet et envoya la rondelle à Raynor qui traversait la ligne bleue. Le Canadien longea la bande au ralenti, déjoua un adversaire, puis accéléra en pénétrant en zone ennemie.

Entre lui et le but, il n'y avait maintenant qu'un seul robot. Raynor aperçut un coéquipier du coin de l'oeil et tourna légèrement la tête pour mieux se rendre compte de sa position.

C'était Carlini, merveilleusement bien placé pour capter une passe et foncer vers le filet. Raynor fit un geste, le robot allongea son bras qui tenait le bâton. Le relais n'était plus possible.

Raynor amorça un mouvement à droite, revint à gauche. La feinte réussit, le robot était doublé. Raynor et Carlini, seuls devant le gardien, s'échangèrent la rondelle. Carlini visa entre les jambières, la lumière rouge s'alluma, le hululement jaillit. Les deux hommes se jetèrent dans les bras l'un de l'autre.

Tous les joueurs vinrent les féliciter bruyamment. Enivré de joie, Carlini s'approcha d'un automate et lui éclata de rire en plein visage. Des yeux inexpressifs le fixèrent. Il s'arrêta de rire et rejoignit son groupe.

«Le but des Croisés valeureux marqué par le numéro 21, Carlo Carlini... Avec l'aide du numéro 3, Bill Raynor... Et du numéro 1, Karel Zeman!»

La gloire du gardien de but humain s'amplifiait de seconde en seconde. Non seulement il bloquait depuis un moment tous les tirs qu'on lui envoyait, mais en plus il participait au point qui redonnait espoir à son équipe et à la foule.

Un spectateur descendit un escalier en vociférant, portant sur les épaules la grossière imitation d'une tête d'automate. Une femme sauta sur lui pour lui arracher son déguisement, puis elle s'attaqua à sa vraie tête. L'homme se débattit, cria plusieurs fois le nom de Zeman pour bien montrer à quel camp il appartenait, mais cela ne fit que stimuler la spectatrice.

Des policiers se saisirent d'eux, emmenant même des gens qui n'avaient fait que crier leur admiration pour le Tchécoslovaque. Cette confusion déclencha une émeute qui empira une fois la période terminée.

— Vive l'Union tchécoslovaque! lança Werkemeister quand les joueurs furent seuls.

— Et vive le spaghetti! compléta Jean-Louis Richard en étreignant Carlini.

— Tu es sûr de ne pas être un robot? demanda Karantsev en pinçant le bras de Zeman.

— Je n'ai jamais dit que je n'en étais pas un! fut la réponse.

Comme les autres, Michel souriait. Il était content du succès de son coéquipier et souhaitait de tout coeur un déblocage à la troisième période. Mais il ne pouvait dissimuler complètement sa tristesse. Après sa bévue qui avait coûté un point, Tanaka ne l'avait plus fait jouer.

Michel comprenait cette décision. S'il devait blâmer quelqu'un pour ses échecs, il ne voyait que lui-même.

Tanaka a tout fait pour me donner ma chance, se disait-il avec rage. *Je n'ai pas saisi l'occasion. Pendant le camp d'entraînement, je croyais qu'il m'avait choisi comme souffre-douleur. En réalité, il s'était rendu compte que j'étais mal préparé pour ces matches. Virginia Lynx a probablement raison.*

Le troisième tiers démarra comme le précédent s'était déroulé. Si les Croisés ne s'effondrèrent pas, ce fut grâce à leurs prouesses défensives répétées. Ils édifièrent un véritable barrage contre les tirs de l'ennemi, barrage qui se fissurait sporadiquement, le temps d'un nouvel exploit du gardien.

Les joueurs humains eurent peu de chances de marquer. Le trio Raynor-Carlini-Russel fut le plus menaçant, mais ses efforts n'aboutirent pas. Le public trépignait.

Au milieu de la période, Basil Dickey oublia une seconde les règlements spéciaux et offrit un retentissant plaquage à un adversaire qui s'avançait vers lui, tête baissée.

Au moment de l'impact, Dickey fut aveuglé par une extraordinaire lueur rouge. Ensuite, il eut l'impression que le sifflet de l'arbitre lui vrillait le crâne.

Ses coéquipiers l'entouraient. Il vit le robot se relever et alors il comprit.

— Qu'est-ce qui t'a pris, Basil? Pourquoi as-tu fait ça?

— Nous n'avons pas le droit de frapper, tu ne t'en souviens plus?

— Mon vieux, je n'aurais pas voulu être à la place du robot!

L'arbitre lui adressa un signe qu'il reconnut sans y croire: cela signifiait l'expulsion. Ses coéquipiers discutèrent avec l'officiel, mais ce dernier, catégorique, secouait la tête. Les règlements étaient clairs. Tout joueur humain qui plaquait un adversaire devait être exclu définitivement de la série.

Dans le cas d'un automate, la série devait être annulée.

Dickey patina jusqu'au banc sans voir personne. Lorsqu'il croisa la rangée de joueurs avant de disparaître, les plus proches s'aperçurent qu'il pleurait.

La foule s'insurgea contre la décision de l'arbitre.

Depuis le début de ce match où la défensive primait, Basil Dickey avait été un des piliers. Sa perte n'était pas irréparable, mais le public la percevait comme une injustice. En outre, les spectateurs acceptaient mal la cause de l'expulsion, eux qui considéraient déjà ces règlements anti-violence comme tout à fait inopportuns.

Tous ceux qui avaient des objets à portée de la main les jetèrent contre le dôme. Des gens lancèrent leurs souliers, d'autres sacrifièrent leurs dernières pièces de monnaie.

Sur la patinoire, les joueurs et l'arbitre n'entendaient plus qu'un vacarme assourdissant. Pendant un bon moment, plus personne ne sut quoi faire. Tandis que les robots patinaient avec détachement, les hockeyeurs humains perdaient patience.

— Non mais, regardez-les, ces machines! grogna Riso Jarva. Rien ne les dérange! C'est à devenir enragé!

Planté au milieu de la glace, l'arbitre jeta un regard circulaire sur la foule. Tous les spectateurs étaient debout. La plupart d'entre eux s'agitaient, sautant sur place ou montrant le poing avec ardeur. Déjà déformés par le dôme, les visages n'étaient plus que d'affreuses grimaces de haine. Il frissonna.

— Vous allez leur parler, dit-il à Tanaka. Si je leur demande moi-même de se tenir tranquilles, ce sera pire.

Indécis, l'instructeur japonais s'approcha du micro de l'annonceur. La foule comprit ce qui allait suivre et le tumulte diminua. Tanaka prononça quelques mots que le public écouta attentivement. Quand il retrouva sa place derrière ses joueurs, un calme précaire avait succédé à la révolte.

La mise au jeu se fit dans le territoire des Croisés et la compétition reprit.

Fouettés peut-être par l'exclusion de leur coéquipier, les joueurs humains refoulèrent immédiatement les robots dans leur zone et maîtrisèrent le disque avec aisance. Il y eut de nombreux tirs rapides et bien dirigés, mais le gardien automate profita de l'occasion pour faire ses meilleurs arrêts. Michel Lenoir fut utilisé comme joueur de pointe durant deux pénalités. Karel Zeman repoussa les rares attaques contre son filet.

Il restait quatre-vingt-dix secondes à jouer dans le match. La marque était toujours égale et le public stimulait son équipe en chantant.

Devant le filet de la Machine humaine, la rondelle se perdit entre quelques patins, changea de trajectoire, dévia sur un bâton et glissa sous le gardien qui s'étendit de tout son long.

Quand la lumière rouge s'alluma, tous hésitèrent une fraction de seconde. Puis un joueur lança son bâton en l'air, d'autres levèrent les bras et les cris du public se fracassèrent contre les murs du stade.

On accorda le point à Carlini, dernier Croisé à avoir touché la rondelle, ce qui lui faisait deux buts dans le même match.

***

Un peu plus tard, les Croisés valeureux savouraient leur premier gain contre leurs rivaux mécaniques.

La foule en liesse aurait aimé participer

davantage à la joie de ses héros. Mais ceux-ci étaient pressés de se retrouver entre eux et de célébrer. La fête fut explosive, débordante de champagne et d'exclamations. Tomoyuki Tanaka mit de côté sa raideur caractéristique et se laissa aller à sourire une ou deux fois.

La soirée s'acheva dans une discothèque transformée spontanément en lieu de célébration.

Cette fois, les joueurs ne se privèrent pas de regarder la télévision, comme s'ils souhaitaient y puiser la confiance pour vaincre de nouveau. La presse jubilait. Tout au plus quelques journalistes osèrent-ils mettre le public en garde contre un excès d'optimisme.

On porta aux nues le gardien Karel Zeman et le joueur d'avant Carlo Carlini, désignés à l'unanimité comme les principaux artisans de la victoire. Les interviews des deux athlètes se multiplièrent durant l'intervalle de cinq jours.

Seule ombre au tableau pendant ces réjouissances, la performance de Michel Lenoir. Les éditorialistes soulignèrent la faiblesse de son jeu, son manque d'entrain et son inefficacité à transporter la rondelle.

Le troisième jour, cette inquiétude fit même la manchette des grands journaux télévisés.

Dans toutes les villes envahies par la passion du hockey, on se posait l'inquiétante question: «Mais qu'arrive-t-il donc à Michel Lenoir?»

Qu'arrivait-il, en effet, à cette idole internationale habituée à tout renverser sur son passage, à cet athlète téméraire qu'aucun record ne pouvait arrêter, à cette légende vivante?

À Québec, ville natale du jeune hockeyeur, un groupe d'Inactifs organisa une manifestation d'appui. On en diffusa des images dans le monde entier.

Les communiqués de la Fédération ne parlèrent pas du cas Michel Lenoir, se contentant d'afficher la certitude que l'équipe humaine ne pouvait plus perdre.

Par contre, les messages de T.I.L.T. s'évertuèrent à tourner le fer dans la plaie: «Nos automates ne peuvent pas faiblir, eux. Ils accomplissent ce pour quoi ils ont été programmés. Aucun problème de motivation, d'instabilité émotionnelle ou de paresse.»

T.I.L.T. concluait que, pour toutes ces

raisons, le troisième match était gagné d'avance.

**

Le lendemain de l'arrivée à Lost Ark, Tanaka accorda à ses joueurs une journée de repos.

Pendant la matinée, un visiteur se présenta à l'appartement de Michel. Voyant s'allumer le signal, celui-ci se débarrassa de son casque d'écoute tout en éteignant rageusement la chaîne stéréo. Il enfonça une touche et l'écran-judas montra un visage féminin au sourire pincé.

— Bonjour Michel, dit la femme.

Il blêmit.

— Bon... bonjour, madame Crook. Entrez...

Qu'est-ce que cette femme haïssable vient faire ici? De quelle sale mission Rutabaga l'a-t-il chargée?

— Vous vous doutez sûrement des raisons de ma visite, n'est-ce pas?

Michel fit l'innocent.

— Pas du tout. Auriez-vous une mauvaise nouvelle à m'annoncer? Rutabaga est souffrant?

— Michel! Je vous interdis d'utiliser ce sobriquet idiot! M. Swindler n'aimerait pas beaucoup savoir que vous lui manquez de respect en son absence!

Viens-en au fait, allez, assomme-moi, toi aussi! Crache-moi tes méchancetés et décampe! J'ai autre chose à faire que d'écouter tes reproches!

— Assoyez-vous, dit-il quand même poliment.

— C'est à propos de la série, bien sûr, que je viens vous voir. M. Swindler suit de très près votre participation à ces matches. Il m'a mandatée pour vous faire part de ses commentaires.

Michel retint son souffle.

— Il s'attendait à mieux de votre part. Il s'attendait à *beaucoup* mieux. M. Swindler se demande ce qui vous arrive. Il aimerait vous aider.

— M'aider? Voyons, c'est une blague de lui ou de vous, ça?

— C'est sérieux, Michel! Très sérieux, même! Votre comportement au cours de cette série n'est pas très habituel. Il n'est pas digne de vous, pas digne de votre réputation.

— Dites donc franchement qu'il n'est

surtout pas digne de mon propriétaire!

Mme Crook rougit de colère.

— Depuis quelques jours, M. Swindler se pose de nombreuses questions à votre sujet. Il se demande si vous n'êtes pas un peu trop capricieux, un peu trop désobéissant.

— Oui, je connais la chanson...

— Michel! Ça suffit!

Les épaules de Michel s'affaissèrent.

— Je suis venue vous dire, Michel, que si la qualité de votre jeu ne s'améliore pas dans le dernier match, M. Swindler devra réévaluer le lien qui vous unit à lui. Vous savez sûrement ce que cela implique. Vous connaissez des joueurs à qui une telle chose est arrivée.

— Ce n'étaient pas des super vedettes, répliqua-t-il sans fanfaronnade.

— Les super vedettes sont faites pour être remplacées. Il y en a eu une multitude avant vous, il y en aura d'autres après vous. M. Swindler détient les droits sur un tas de jeunes qui sont prêts à vous succéder.

— Mais je n'ai que dix-huit ans! Mes meilleures années sont devant moi!

Mme Crook sourit.

— Nombreux sont les joueurs bannis qui

disaient la même chose à votre âge.

Elle se prépara à sortir.

— Entraînez-vous bien. Je suis sûre que tout cela est passager, que vous démontrerez de nouveau de quoi vous êtes capable.

Michel nota le léger accent de menace dans ces paroles. Quand l'agente de Rutabaga eut disparu, il s'empara d'un bibelot qu'il envoya se briser contre la porte. Puis, plongeant dans son lit, il se prit la tête entre les mains.

Pour qui me prennent-ils? Si je ne corresponds pas à l'image qu'ils se font de moi, ils sont prêts à me jeter à la poubelle! Elle m'a dit que j'étais remplaçable. O.K., d'accord! Mais laissez-moi me ressaisir! Je ne suis pas une de ces mécaniques que T.I.L.T. a faites sur mesure! Je suis un être humain! Je suis seulement un être humain et je n'ai que dix-huit ans!...

Couché sur le dos, il laissa son regard errer parmi les objets luxueux qui encombraient la pièce.

Qu'est-ce que ça me donne tout ça si je suis condamné à le perdre? Que vaut ma popularité si je deviens un inconnu demain? Pourquoi personne n'essaie-t-il de me comprendre? Tout le monde m'analyse comme si j'étais une chose. Je ne suis pas fort et invincible comme les gens voudraient que je le sois!

Il bondit hors du lit et se trouva face à la baie vitrée. Au loin, au-delà des résidences de la Zone privée et des édifices de la Nouvelle Ville, il tenta de discerner quelque chose à travers la brume noire.

Ceux qui travaillent dans ces usines puantes et les Inactifs qui viennent voir les matches, ce sont des êtres humains, eux aussi. Mais personne n'en parle jamais! Qu'est-ce que tous ces gens pensent de moi? Me prennent-ils vraiment pour un dieu?

Faisant brusquement volte-face, il s'adossa à la baie vitrée.

Pourquoi est-ce que je pense à eux tout à coup? Est-ce à cause de Virginia Lynx?... Je ne me pose pas assez de questions, c'est vrai. Je laisse Rutabaga et les autres répondre à tout avant de me questionner moi-même.

Subitement, il parcourut la pièce à grandes enjambées et sortit. Dans le couloir, un Gardien lui emboîta le pas.

— Je n'ai pas besoin de vous, Cotgrave, dit Michel. Je vous remercie.

Sans rudesse, le Gardien lui saisit un bras.

— Vous connaissez les ordres, précisa-t-il. M. Swindler craint que vous vous rendiez dans l'Ancienne Ville.

— Que Rutabaga se rassure, je ne mettrai pas les pieds là-bas. Vous pouvez me croire sur parole. Je vais juste appeler un taxi pour faire un tour. J'ai besoin de me détendre.

— Dans ce cas, je pourrais vous piloter moi-même...

— Je vous en prie, Cotgrave! Puisque je vous dis que je ne risque rien!

— Bien, monsieur, fit le Gardien sans conviction.

Une fois dans le stationnement de l'immeuble, Michel appela un taxi.

— Faites-moi visiter Lost Ark, demanda-t-il au pilote.

— Tout ce que vous voudrez, monsieur Lenoir! Mon taxi est à vous!

Le véhicule amorça une trajectoire circulaire au-dessus du secteur.

— Ce coin-ci, je le connais, dit Michel. Emmenez-moi ailleurs. Là-bas, par exemple. Vers l'ouest.

L'ouest, c'était une vaste plaine délimitée par une chaîne de montagnes. Jamais Michel ne s'était intéressé à cet endroit auparavant. Le taxi survola un terrain dépouillé, aride, où seuls quelques bosquets d'arbustes séchés s'agitaient au vent.

Comme une tache blanche apparaissait sur le sol, loin encore devant l'appareil, Michel tira vers lui les jumelles électroniques attachées au siège du taxi. Il distingua une construction basse, très étendue, entourée de clôtures.

— Qu'est-ce que c'est que ça?

— Des serres. Il y a un ou deux ensembles comme ça par ici. Je donnerais gros pour avoir le droit d'y entrer et de jeter un coup d'oeil à ce qui pousse là-dedans!

— Et vous y verriez quoi?

— Des légumes, des fruits, de la laitue. Rien que d'en parler, j'en ai l'eau à la bouche!

Les aliments que je mange seraient donc fabriqués là? songea Michel.

— Ces fruits et ces légumes? demanda-t-il. Vous en mangez parfois, vous?

— Évidemment! répondit le pilote sur un ton offensé. Je ne suis pas encore dans la misère comme les Inactifs! Mais ce que je mange n'a rien à voir avec ce qui est cultivé ici. Dans la Nouvelle Ville, pas moyen d'acheter autre chose que des vieux légumes et des fruits déshydratés!

Plus loin, l'attention de Michel fut attirée par un reflet du soleil au pied d'une montagne. Les jumelles lui permirent de voir un second bâtiment, très peu élevé aussi, fait d'un matériau transparent. Comme la distance diminuait, il aperçut à l'intérieur une série d'enclos renfermant une multitude de quadrupèdes.

— Des animaux? s'étonna-t-il.

— Ne me dites pas que vous voyez des vaches et des moutons pour la première fois!... Mais c'est vrai que vous êtes jeune et qu'on n'en voit plus souvent à la télé. Ça rendrait jaloux tous ceux qui ne peuvent pas se payer de viande.

La viande provient de ces animaux-là? Pourquoi ne suis-je pas au courant de ça, moi? Le premier pilote de taxi venu est en train de me donner des leçons...

— Y a-t-il autre chose d'intéressant dans le coin?

— Sûrement, mais si vous n'y voyez pas d'objection, monsieur Lenoir, je préférerais rebrousser chemin. Il est déconseillé de survoler ce secteur trop longtemps.

— Alors, emmenez-moi chez les Inactifs!

Ayant fait demi-tour, le taxi emprunta un couloir aérien différent, ce qui donna l'occasion à Michel de connaître une autre partie de la vallée. Le décor pourtant y demeurait le même, stérile, austère, poussiéreux, piqué çà et là de quelques constructions fortifiées.

Le véhicule repassa au-dessus du quartier où habitait Michel, franchit bientôt les limites de la Zone privée, puis celles de la Nouvelle Ville. Avant de quitter le ciel sombre des Faubourgs, Michel désigna un point en contrebas.

— Pouvez-vous survoler cet endroit? Il y a beaucoup de monde. Vous savez ce que c'est?

— C'est le Dépotoir. L'endroit le plus minable de Lost Ark. Les habitants de la Zone privée y font déverser leurs déchets.

À l'origine, il devait y avoir là une fosse profonde destinée à avaler les ordures. Mais à force de s'accumuler, celles-ci avaient débordé pour constituer peu à peu un amoncellement énorme.

Un rassemblement incroyable de gens s'affairait dans les rebuts, certains enfoncés jusqu'à la taille, d'autres cherchant à atteindre le sommet de l'accumulation à l'aide d'échelles improvisées. Plusieurs personnes voulaient le même débris, allant jusqu'à s'engager dans de violentes bagarres.

Une fillette extirpa un vieux manteau décousu, beaucoup trop grand pour elle. Le visage éclairé par un radieux sourire, elle le montra à un homme qui devait être son père. Un autre individu s'empara du manteau et poussa l'enfant dans les détritus. Le père n'eut pas le temps de défendre sa fille, car déjà un autre personnage lui assenait un coup de bâton sur le crâne.

Ailleurs, serrant contre elle une chaise brisée, une vieille femme tentait d'échapper à un groupe de poursuivants. Plus loin, un homme gisait dans les ordures, abandonné comme s'il était un déchet lui-même.

— Il y a toujours des Inactifs ici, expliqua le pilote avec mépris. Ils fouillent sans arrêt dans ces saletés. On dirait qu'ils cherchent des trésors.

— Qu'espèrent-ils trouver? demanda Michel avec effarement.

— Oh! n'importe quoi! Des bouts de plastique, du tissu, des morceaux de verre. Ils s'en servent pour rapiécer leurs vêtements ou réparer leurs abris. Ils sont très ingénieux, vous savez!

Le véhicule fila vers le centre de l'Ancienne Ville. Lors de sa première intrusion chez les Inactifs quelques mois auparavant, Michel n'avait pas remarqué les panneaux-réclames en lambeaux qui semblaient narguer les miséreux.

Accroché à un édifice de béton, l'un d'eux montrait un hamburger aux dimensions colossales. Une affiche trouée annonçait une marque de boisson gazeuse aujourd'hui vendue à prix d'or. Un panneau, autrefois coloré et lumineux, vantait les mérites d'une carte de crédit.

— Il y a du grabuge à votre droite, fit le pilote.

Ses jumelles braquées sur le sol, Michel mit du temps à comprendre ce qui se passait. De nombreux enfants se pressaient les uns contre les autres en gesticulant et en brandissant des bâtons. Ils entouraient une construction de forme ronde et ils paraissaient même vouloir y pénétrer. De toute évidence, des gens postés à l'intérieur les repoussaient.

Michel effectua la mise au point de ses jumelles et la scène se précisa. Il reconnut la construction prise d'assaut.

Un poste à oxygène pour Carabiniers! Mais pourquoi ces enfants font-ils ça? Ils manqueraient d'air pur à ce point-là?

Subitement, les jeunes refluèrent. Une vingtaine de Carabiniers venaient de descendre de la station et fonçaient sur eux avec des matraques. Les enfants ne se dispersèrent pas tout de suite, presque tous acceptant d'affronter la police. Les matraques s'abattirent sur eux. Des bombes explosèrent dans la rue, libérant une épaisse fumée.

Ils frappent ces enfants! s'indigna Michel. *Des adultes armés contre des enfants squelettiques! C'est monstrueux!*

— Vous n'avez pas l'air bien, monsieur Lenoir...

— Je... j'ignorais que les Carabiniers agissaient de cette façon, dit Michel péniblement.

— Que peuvent-ils faire d'autre? Ils sont bien obligés de se protéger! Ce n'est pas facile de maintenir l'ordre dans ces satanés quartiers pleins d'Inactifs. Il y a toujours une crapule prête à tout pour voler un objet ou pour en briser un autre. Je le sais! Un de mes frères est Carabinier!

— Mais ces enfants voulaient juste respirer de l'oxygène!

— Vous pouvez les excuser si ça vous chante. Quant à moi, mon idée est faite! Ces gens-là sont de la racaille, du premier au dernier!

— Message prioritaire, dit une voix provenant de la radio de bord. Monsieur Lenoir, ici Cotgrave. Nous n'avons aucune objection à ce que vous survoliez Lost Ark. Vous connaissez toutefois les réticences de M. Swindler concernant l'Ancienne Ville. Vous êtes actuellement au-dessus de celle-ci. En conséquence, nous vous demandons de quitter ce secteur. Immédiatement.

Dans son rétroviseur, le pilote scrutait le visage de Michel.

— Tout à l'heure, reprit Cotgrave sur une note moins officielle, vous m'avez juré que vous ne vous approcheriez pas de l'Ancienne Ville.

— Je vous ai plutôt dit que *je n'y mettrais pas les pieds,* corrigea Michel.

Puis, d'un mouvement fatigué du menton, il signala au pilote qu'il acceptait de rentrer.

Chapitre 6

Lost Ark

L'après-midi du troisième match, Michel était assis dans l'Amphithéâtre vide, très haut dans les gradins. Il contemplait avec un peu d'effroi cette surface verte où il devait se donner en spectacle quelques heures plus tard.

Curieusement, la patinoire désertée semblait plus petite que lorsque des joueurs y évoluaient. Par contre, les gradins sans spectateurs paraissaient grossir à vue d'oeil, comme s'ils tendaient à occuper tout l'espace à l'intérieur de l'enceinte. Les innombrables sièges colorés dansaient sous les yeux de Michel.

Au loin, le bruit d'une porte qui s'ouvre lui fit tourner la tête. Une femme s'avançait vers lui à petits pas nerveux, une mallette au bout du bras. Il souhaita ne pas avoir affaire de nouveau à Mme Crook.

Quand elle fut à mi-chemin, il reconnut avec soulagement Virginia Lynx. Surpris de la voir là, il vint à sa rencontre.

— Bonjour, dit-il avec un entrain mêlé de gravité.

Elle lui adressa un petit sourire.

— Vous sentez-vous prêt pour ce soir? le questionna-t-elle avec une gaucherie que Michel ne lui connaissait pas.

— Oui, je suis en forme.

Puis il se ravisa:

— Non, ça ne va pas bien du tout. C'est pire que jamais, je crois. Mais cette fois, j'ai des raisons de ne pas être très enthousiaste.

— Des raisons? répéta la journaliste distraitement.

— On dirait que vos paroles m'ont ouvert les yeux. Je ne comprends pas tout ce que vous m'avez dit l'autre jour, mais... c'est comme si je voyais mieux les choses maintenant.

Elle manifesta tout à coup de l'intérêt.

— Je suis retourné à l'Ancienne Ville. Oh! je ne me suis pas promené parmi les Inactifs. J'étais dans un taxi et je les ai seulement observés.

Ils se mirent à marcher.

— Et certaines choses vous ont frappé? lui demanda-t-elle.

— Le Dépotoir surtout.

— Ah oui! Cette saloperie qui permet aux riches de se donner bonne conscience. Ils jettent aux Inactifs ce qui est trop détérioré pour leur servir à eux.

— Et j'ai vu des Carabiniers qui matraquaient des enfants! Est-ce que ça arrive couramment? Je veux dire... Ça fait vraiment partie de leur travail?

— Les Carabiniers maintiennent l'ordre. Parfois, il se passe des choses plus abominables encore...

La consternation de Michel augmenta.

— Je me sens... *coupable* devant tout ça, dit-il.

La journaliste s'arrêta.

— Vous devez vous demander ce que je viens faire ici?

— Bien sûr.

— Je ne suis pas venue vous embêter.

Et puis, je suis contente de ce que vous venez de me dire. Je ne savais pas si je devais vous raconter cette histoire ou vous laisser l'apprendre plus tard, par la presse ou autrement. Étant donné votre état d'esprit actuel, je me rends compte que j'ai bien fait de venir.

— Quelle histoire? C'est quelque chose qui me concerne?

— Qui vous concerne directement. Vous vous souvenez de ma phrase sur les mensonges que l'on dresse autour de nous? J'étais déjà sur une piste à ce moment-là. Mes recherches m'ont conduite à une découverte fracassante concernant la série de hockey.

— Une découverte?

— Suivez-moi. Il y a une salle en bas où nous pourrons discuter à notre aise.

Elle le conduisit dans une pièce spacieuse mise à la disposition des journalistes. Parce qu'il était tôt, personne d'autre n'était encore arrivé.

— Quand avez-vous entendu parler de la série pour la première fois? commença-t-elle.

— À la fin de la saison passée. Rutabaga... euh... David Swindler m'a expliqué lui-même le projet.

— Comment vous l'a-t-il présenté? Ces matches semblaient-ils avoir beaucoup d'importance pour lui?

— Il m'a baratiné un sermon sur la place de l'être humain dans la société, sur les changements qu'une victoire des robots déclencherait... Des choses comme ça...

— Ces paroles ne vous ont pas paru étranges, venant de lui?

— Je ne me suis pas arrêté à ça, non. Je ne sais jamais ce que Swindler pense vraiment... Vous le connaissez, bien sûr? Vous savez à quoi il ressemble?

— Je sais qu'il se déplace dans une boîte fermée qui ne laisse rien voir de son corps ni de son visage. Mais il ne participe jamais aux cérémonies sportives ni aux conférences de presse. Pour un magnat du hockey, c'est plutôt bizarre.

— Pourquoi m'avez-vous posé ces questions, Virginia?

— Parce que votre propriétaire est en cause dans ce que j'ai découvert.

— Expliquez-moi! lui demanda Michel, énervé. Il a fait quelque chose d'illégal?

— D'illégal, non. Disons plutôt de terriblement déloyal.

— Mais parlez, je vous en prie! Je veux savoir, parlez!

— Vous n'aimerez pas ça, je vous préviens... En plus d'être le propriétaire des Raiders, David Swindler est un des principaux dirigeants de la Fédération internationale de hockey. Ce que vous ignorez peut-être, c'est qu'il est aussi actionnaire d'un très grand nombre d'entreprises de par le monde. Des entreprises de tous les secteurs industriels: publicité, alimentation, transport, énergie et j'en passe. Il dirige à lui seul ou avec d'autres près d'une centaine de compagnies.

— Je l'ignorais. Tout le monde le sait à part moi, je suppose?

— Absolument pas. Il est de plus en plus difficile d'obtenir des informations sur ceux qui dirigent l'économie. Leurs activités se déroulent en secret et l'accès aux informations est limité à quelques personnes seulement. Mes sources viennent directement de ces milieux.

— Vous parliez de découverte concernant la série. Ça n'a rien à voir!

— Je ne vous ai encore rien dit, Michel. Mon enquête m'a appris que Swindler avait fait de gros investissements dans les domaines de l'électronique, de la cybernétique et de la bionique. Comme il a de la suite dans les idées, il a ajouté récemment une nouvelle corde à son arc: la robotique.

— Quoi!

— Oui, Michel. À l'insu de presque tout le monde, David Swindler est un des plus importants actionnaires de T.I.L.T.

— Impossible!

— Je vous assure, Michel. J'en ai ici les preuves.

— Quelles preuves? cria-t-il. Je veux les voir!

Virginia Lynx tira une pile de documents de son attaché-case.

— Voici les photocopies de trois dossiers secrets. Ces documents établissent hors de tout doute le rôle joué par Swindler à la direction de T.I.L.T.

Michel saisit les photos, y jeta un coup d'oeil, puis il les remit brutalement dans la mallette.

— Je n'ai rien à tirer de ça, puisque je ne sais pas lire! Je n'ai donc aucune raison de vous croire!

— C'est pourtant la vérité. Le projet de mise au point des robots anthropomorphes vient de David Swindler. La série de matches entre ces créatures et les meilleurs joueurs de hockey, c'est son idée. Dans l'ombre, il tire les ficelles des deux équipes à la fois.

— Pourquoi Rutabaga aurait-il osé faire une chose pareille? Quel était son intérêt?

— Vous connaissez l'expression «mettre tous ses oeufs dans le même panier»? Swindler a fait exactement le contraire. En misant sur deux équipes adverses, il ne pouvait que gagner.

— Mais il prenait des risques énormes en montant ce coup-là!

— Avez-vous une idée, Michel, des montants que vont rapporter ces matches? La télédiffusion à elle seule génère des profits jamais vus! Quant à l'impact publicitaire du lancement des automates sur le marché, il est incalculable! Depuis la victoire de la Machine humaine lors du premier match, T.I.L.T. reçoit des commandes à un rythme stupéfiant!

Michel accomplissait de frénétiques aller-retour dans la pièce, les traits contractés par un grand effort de réflexion. Après un moment, il s'immobilisa, le visage rouge, en sueur. Sa poitrine se soulevait et s'abaissait rapidement.

— Rutabaga m'a menti! rugit-il. Rutabaga s'est moqué de moi! Il appréciera mes services tant que je serai rentable, tant que je lui obéirai au doigt et à l'oeil! Mais c'est fini, je n'obéirai plus!

D'une voix moins rude, il demanda à Virginia Lynx:

— Pouvez-vous m'accompagner après la partie? Je vais me rendre à la Forteresse, là où Rutabaga se cache. Je veux en savoir plus!

La journaliste accepta. Michel dut la quitter, car l'entraînement d'avant-match commençait quelques minutes plus tard.

***

Au vestiaire, il s'installa dans un coin sans parler à personne et revêtit son équipement à toute vitesse. Ses coéquipiers se questionnèrent du regard.

Sur la glace, il patina sans s'arrêter, comme s'il voulait épuiser toutes ses énergies. Pendant l'exercice de tirs au but, ses boulets atteignirent la cible chaque fois. Karel Zeman lui demanda de se modérer, mais il fit la sourde oreille.

— Que lui arrive-t-il? dit Zedenik Stehlik à Jim Whiton. Je ne l'ai jamais vu aussi enragé.

— J'ai vaguement entendu dire que son propriétaire était mécontent de lui. Michel veut peut-être le faire changer d'opinion.

Michel fut le dernier à quitter la glace avant la période de repos. Sans même un regard, il passa devant Tanaka qui le surveillait avec effarement depuis son arrivée.

**

Quand l'équipe réapparut pour le début de la joute, les acclamations fondirent sur elle avec un bruit d'immeuble qui s'effondre.

Michel fut surpris de l'ovation qu'on lui réserva malgré ses déboires. Son nom retentissait dans les gradins, prononcé à l'unisson par des milliers de voix chargées de confiance.

Pendant la présentation de l'équipe, on le salua comme s'il avait été le meilleur au cours des premiers matches. Malgré ses remords, il se força à garder la tête haute. Carlini reluqua dans sa direction, un peu jaloux de n'avoir pas reçu le même accueil.

Puis humains et automates se dispersèrent sur la glace, jusqu'à ce que soient désignés les joueurs qui commenceraient la partie. Chez les Croisés valeureux, Tanaka avait sélectionné Jean-Louis Richard à droite, Carlo Carlini au centre et Michel Lenoir à gauche.

Celui-ci ne s'interrogea pas sur cette volte-face de son instructeur qui l'avait très peu utilisé lors du dernier match. Quand le disque luminescent tomba des mains de l'arbitre au centre de la patinoire, Michel fonça vers la zone adverse en veillant à bien se découvrir. La rondelle glissa devant lui, trop loin pour être captée, et elle s'arrêta au fond du territoire de la Machine humaine.

En accélérant, il parvint presque à devancer le joueur de défense qui filait aussi vers le disque. Les deux rivaux se disputèrent la rondelle.

Finalement, Michel s'en empara avant de décocher une passe à Carlini qui bourdonnait autour du but.

L'Italien bougea à peine son bâton et la rondelle dévia vers le filet. Un cri de joie s'échappa de la gorge de Michel, aussitôt enseveli sous le tumulte du public. Michel accourut vers Carlini pour le féliciter.

— C'est toi qui as fait le travail! dit le

marqueur avec euphorie. Je n'ai aucun mérite, moi!

Tanaka laissa le même trio sur la glace pendant encore quelques secondes. Saisissant le disque, Michel fit une superbe passe à Richard en zone neutre. Les deux hommes s'échangèrent la rondelle en se croisant. Michel franchit la ligne bleue adverse, déjoua un automate. De nouveau, il passa le disque à Richard qui le lui renvoya, puis il tira vers le haut du filet.

Le gardien avait levé son gant, mais pas assez vite. Michel venait de marquer son premier but de la série!

Il bondit en faisant tournoyer son bâton au-dessus de sa tête. Ses compagnons de trio l'encouragèrent de quelques tapes empressées. Derrière les parois du dôme, les spectateurs célébraient en applaudissant ou en chantant.

Il consulta le tableau qui surmontait la patinoire. Le cadran indiquait 19:08. Ils s'étaient donné une avance de deux points en cinquante-deux secondes! De retour au banc, il vit Tanaka qui s'approchait et il sentit une étreinte chaleureuse sur son épaule.

Les autres trios, par contre, eurent moins de succès. Pendant les minutes qui suivirent, le jeu se déroula presque totalement dans le territoire des Croisés. Tout comme dans la deuxième joute, Zeman s'appliqua à sauver la situation, bien secondé par des défenseurs qui en avaient pourtant plein les bras.

Le vent vira de bord au second tour des Lenoir-Carlini-Richard et la Machine humaine fut sérieusement malmenée. Huit tirs furent repoussés durant ce court laps de temps, dont cinq de Michel Lenoir.

Aussitôt que ce trio eut cédé sa place, les automates reprirent le dessus. Akasaka écopa même d'une pénalité au cours de laquelle les robots rétrécirent la marge. Tomoyuki Tanaka décida alors d'utiliser davantage sa meilleure ligne d'attaque, stratégie qui se révéla excellente.

À sa quatrième visite, Michel arracha le disque à un automate qui menaçait d'arriver trop près du but. Il fit ensuite une passe à Carlini qui se trouvait à la ligne bleue. La rondelle revint à Michel.

Avant d'être refoulé au creux de la zone ennemie, il avait déjoué trois automates. Le bruit saccadé d'un bâton martelant la glace lui apprit que Carlini attendait une passe derrière le but.

Il effectua le relais. Carlini se déplaça vers la droite et envoya le disque à Richard, planté devant le gardien. La rondelle fut propulsée sur la barre horizontale, elle rebondit dans le dos de l'automate qui étincela, puis elle cabriola dans le filet.

Toute l'équipe des Croisés sauta sur la patinoire pour entourer les trois joueurs. La foule manifesta une exaltation sans borne, scandant le nom de Michel Lenoir jusqu'à la reprise du jeu.

La soudaine résurrection de la jeune vedette semblait inspirer l'équipe entière. Les autres trios commencèrent à mieux jouer, renversant peu à peu la vapeur.

Jusqu'à la fin de la période, Michel joua comme un déchaîné, bataillant dans les coins avec acharnement, tourbillonnant autour du filet ennemi comme pour étourdir le gardien, patinant comme si sa vie même dépendait de sa vitesse.

Durant l'entracte, ses coéquipiers le félicitèrent à grands cris. Tanaka tenta de les ramener à l'ordre, pourtant lui aussi était enchanté de la tournure des événements. Michel, toutefois, participait peu à cette euphorie. Sous son silence entêté semblait bouillonner une détermination que l'on n'avait jamais pressentie chez lui auparavant.

Au deuxième tiers, il plongea dans la mêlée avec la même fougue. La foule hurlait de contentement, envoûtée par son jeu impeccable et passionné.

L'enthousiasme tomba cependant lorsque, à la suite d'une mauvaise passe de Karel Zeman, un robot toucha le fond du filet avec un tir frappé.

Le Tchécoslovaque ne se pardonna pas ce point. Il se rendit au banc des Croisés pour faire vérifier son masque, mais c'était là un prétexte pour retrouver sa concentration. Le compte était maintenant de 3 à 2.

Tanaka fit jouer Michel au sein de deux lignes d'attaque. Les seuls trios à alterner furent donc celui des Tchécoslovaques, celui de Carlini et un dernier formé de Lenoir, Otzep et Jarva. Durant une dizaine de minutes, le jeu fut serré comme jamais, les efforts se succédèrent de part et d'autre à un rythme endiablé.

Dans le feu de l'action, Akira Mitsuwa agrippa un peu trop solidement le costume d'un adversaire et l'arbitre lui imposa une pénalité. Mitsuwa n'encaissa pas la décision, proférant contre l'officiel toutes les injures qu'il connaissait en anglais.

Sur le point de chasser le Japonais du match, l'arbitre se rappela l'expulsion de Dickey lors de la précédente joute ainsi que la virulente réaction du public. Ne voulant pas connaître à son tour les difficultés de son prédécesseur, il préféra fermer les yeux sur l'attitude de Mitsuwa.

La foule s'emporta néanmoins, puisque cette punition fournissait aux robots l'occasion idéalc de niveler les points. Comme il l'avait fait dans le premier match, lors d'un désavantage numérique, Tanaka demanda à Michel de sauter sur la glace. Le public réagit avec plaisir devant ce choix audacieux.

Lorsque le disque fut en possession d'un joueur humain, celui-ci le passa à Michel, lui permettant alors d'exécuter un numéro comme on n'en avait pas vu depuis le début de la série.

Pendant une longue minute, malgré les inépuisables tentatives des automates pour la récupérer, Michel Lenoir réussit à garder la rondelle. Il patina avec élégance dans son territoire, changeant de rythme lorsqu'il sentait une menace, rebroussant chemin quand un robot l'avait rattrapé. Il multiplia les feintes pour confondre ses rivaux et se

rapprocha ainsi peu à peu de la zone ennemie. Bientôt, la poursuite à cinq contre un
changea de territoire.

En d'autres circonstances, cette magis-
trale exécution aurait pu déclencher les
rires moqueurs du public, car jamais les robots ne parurent plus mécaniques que durant cette minute. Mais, à cause de son
enjeu, la démonstration de Michel prit une
teinte dramatique.

Plus dramatique encore fut l'aboutis-
sement de cette lutte lorsque Michel, à
la surprise de tous, bifurqua devant le filet
adverse et déjoua le gardien avec facilité.
L'ovation fut littéralement démente. Les
spectateurs s'époumonaient, hurlaient à
pleine gorge, lançaient des cris hystériques.

De nouveau, les Croisés vidèrent le banc
pour étreindre le héros du jour. Tanaka lui
adressa un signe qui étonna Michel par son
ardeur. À l'annonce du but, les hurlements
du public redoublèrent, en même temps
que retentissait une chanson qui avait souvent accompagné Michel lors de sa première année avec les Raiders de Lost Ark.

Ce soir-là, et pour la toute première fois,
il fut profondément ému de l'entendre.
Cette chanson disait simplement:

Ton nom est noir, Michel,
Tes cheveux sont blancs.
Mais ton coeur, pour nous, Michel,
A la couleur du soleil.

Ayant retrouvé leur avance de deux buts, les Croisés jouèrent avec plus d'assurance et de conviction. Ils n'oubliaient cependant pas la prudence, sachant les robots capables de remonter la pente à tout instant. De leur côté, les automates n'augmentèrent pas leur rythme, leur nature les empêchant d'être stimulés par l'orgueil ou par le danger.

À sa visite suivante, Michel capta une passe bien calculée de Riso Jarva, qui lui permit de foncer seul vers le but. Au moment de tirer, il fut rejoint par un défenseur qui accrocha son bâton et le fit tomber. L'arbitre accorda à Michel un tir de pénalité, ce qui produisit une vague d'hystérie dans la foule. Contestant vertement la version de l'officiel, Saac Amisov faillit se retirer avec son équipe.

Seul au centre de la glace, Michel se concentra sur le disque jaune immobile devant lui.

Avant de bouger, il attendait une accalmie dans la foule. C'était la première fois de sa carrière qu'il se trouvait dans une telle situation. À quelques reprises, il avait vu un coéquipier ou un adversaire bénéficier de cette singulière occasion d'affronter seul à seul un gardien. Dans la plupart des cas, le gardien avait remporté le duel. Et Michel s'était juré que, s'il en avait lui aussi un jour l'occasion, il ne se laisserait pas vaincre, lui.

Comme le public ne se calmait pas, il décida d'y aller. Il patina sans hâte, attentif au bruit apaisant de ses patins raclant la glace, les yeux fixés sur son opposant qui ne bougeait plus.

Lorsqu'il accéléra, il n'y eut soudain dans son esprit ni spectateurs, ni coéquipiers, ni même de match. Il n'y avait plus que ce face-à-face hors du temps entre deux adversaires. Ce qui, pour le public, dura tout au plus quelques secondes se décomposa pour Michel en une suite d'observations, de déductions et de stratégies.

Il vit clairement l'automate se déplacer un peu à droite, laissant dans le coin supérieur gauche une ouverture très attirante, comme créée exprès. Sa première pensée fut d'envoyer le disque dans ce passage béant. Puis, très vite, un signal d'alarme résonna en lui:

Et si c'était un appât? S'il me laissait un trou pour que je tire la rondelle là et pas ailleurs? Oui, c'est ça! Il veut que je tire exactement à cet endroit!

Alors, Michel ébaucha le geste souhaité par le gardien, mais il transforma la manoeuvre en un escamotage habile et rapide. Complètement dérouté, son rival ne vit pas le disque lui filer entre les jambières.

Michel dansa sur place, pendant que les Croisés s'agglutinaient autour de lui, poussés par un formidable sentiment de triomphe. Le public entonna de nouveau sa chanson d'amour. De nombreux infirmiers durent intervenir auprès de spectateurs frappés d'apoplexie.

Puis un événement se produisit peu après, qui brisa net cette apothéose. Dès la reprise du jeu, Zedenik Stehlik avait saisi la rondelle et il s'était vivement glissé en zone ennemie. Le défenseur qui le surveillait se rua sur lui avec une brutalité que l'on aurait même crue impossible de la part d'un joueur humain.

Stehlik s'étant écroulé, l'automate s'écarta comme si la suite ne le concernait plus.

Promptement, tous les Croisés investirent la patinoire et refoulèrent les six robots le long de la bande.

Les automates assis sur le banc au moment de la collision n'avaient pas bougé. Tandis que Tanaka se torturait d'inquiétude sur l'état du joueur tchécoslovaque, Saac Amisov se promenait de long en large avec appréhension.

Un médecin et deux brancardiers s'approchèrent du joueur étendu. Ce dernier avait maintenant les yeux ouverts et regardait autour de lui avec hébétude. Le tâtant à quelques endroits, le médecin parut satisfait. Stehlik émit quelques mots, puis on le déposa délicatement sur le brancard.

L'arbitre, qui s'était entretenu avec le médecin, patina jusqu'à l'annonceur. Après une brève discussion, celui-ci se pencha sur son micro et prit la parole.

«Mesdames et messieurs, conformément aux règles de cette série entre les Croisés valeureux et la Machine humaine, règles interdisant tout recours à quelque forme de rudesse que ce soit, je dois vous annoncer que l'arbitre de ce soir, M. Donald Horvath, a décidé d'interrompre définitivement cette partie. Je répète...»

Si l'annonceur répéta vraiment son message, personne du moins ne l'entendit. Déjà
enflammée à la suite de l'agression contre
Stehlik, la foule venait de faire exploser sa
révolte. Elle qui ne vivait que pour connaître l'issue de ce match décisif, voilà
qu'on la frustrait cruellement. Sur la patinoire, les joueurs humains et les instruc-
teurs des deux camps assaillaient un arbitre
imperturbable, pendant qu'une escouade de
Carabiniers entrait en action dans les gradins.

**

Lorsque Michel sortit du vestiaire, une
demi-heure plus tard, une meute de journalistes accourut vers lui:

— Des commentaires, Michel, sur votre
fantastique performance?

— Comment vous êtes-vous préparé
pour le match?

— Approuvez-vous cette décision d'an-
nuler la partie?

— Pas de déclaration! répondait-il en
essayant de se frayer un passage.

— Quelle sera selon vous la réaction de
la Fédération internationale de hockey?

— Je n'ai rien à dire! s'obstinait Michel. C'est inutile! Laissez-moi passer!

Il se faufila péniblement jusqu'à l'ascenseur où il s'engouffra. Sur le toit, Virginia Lynx était au rendez-vous.

— Vous avez joué un match sublime, lui dit-elle avec sincérité.

— Merci. Celui que je vais jouer tout à l'heure ne sera pas mal non plus.

— Quelles sont vos intentions?

— J'ai demandé qu'on me donne un rendez-vous avec Rutabaga. J'ai exigé qu'il me reçoive dès ce soir.

— Et vous voulez que je sois avec vous pour ça?

— Pour rencontrer Rutabaga, je tiens à être seul. Mais avant, allons voir de plus près ce qu'il cache dans ses bureaux de la Forteresse!

Ils s'installèrent dans le véhicule de Michel et firent claquer les portières.

Chapitre 7

La Forteresse

La porte de l'alvéole de stationnement refermée, Michel mit pied à terre. Pendant que Virginia Lynx descendait à son tour, il respira profondément, puis tous deux se dirigèrent vers le fond du parking.

— Bonsoir Marnix, bonsoir Calvin, dit Michel aux Gardiens en faction.

— Bien le bonsoir, monsieur, répondirent ensemble les deux hommes.

Il avait noté leurs regards insistants braqués sur la jeune femme.

— Voici Virginia Lynx, dit-il. Elle demeurera dans la salle d'attente pendant mon rendez-vous avec M. Swindler.

Les Gardiens se détendirent.

— Très bien, fit l'un d'eux. Vous pouvez passer.

Plus loin, Michel expliqua à la journaliste:

— Le seul étage que je connais, c'est le dernier, celui où mes rencontres avec Rutabaga ont lieu. Il y en a pourtant beaucoup d'autres à voir!

— Comment pourrons-nous fouiner ici? Il y a des Gardiens partout.

— C'est peut-être justement le point faible de la Forteresse. Au lieu d'un système entièrement automatique, ce sont surtout des Gardiens qui assurent la sécurité. Et tout le monde me connaît ici. C'est un net avantage pour nous. En plus, j'ai ceci...

Au creux de sa main, un petit objet translucide était niché.

— C'est une clé que j'ai prise à Rutabaga il y a quelques mois. Il paraît qu'elle ouvre la plupart des portes. Jusqu'ici, je m'en suis servi rien que pour m'amuser.

— Fameux! Nous commençons par quel étage?

— Mon rendez-vous est dans une heure

et demie. Nous pourrions nous rendre au 37e étage où se trouve le centre des opérations? Ou au 56e, à la salle des microfilms?

— Allons au 56e. Il y a sûrement beaucoup d'informations à tirer de là.

— J'ai souvent entendu parler aussi d'un autre étage, le 22e... J'ignore ce qu'il y a là, mais c'est quelque chose de mystérieux. Et d'important!

Optant pour le 22e étage, ils bifurquèrent vers un ascenseur devant lequel un Gardien était posté.

— Bonjour Comput, dit Michel. Visite de routine, j'ai rendez-vous avec le patron. Cette personne est avec moi.

Après une faible hésitation, le Gardien s'écarta. Quand le panneau fut abaissé, Virginia Lynx examina l'alignement de boutons-poussoirs.

— Celui du 22e est de couleur rouge, fit-elle remarquer, tandis que la plupart des autres sont jaunes. Ça signifie danger?

— Dans la Forteresse, le rouge signifie admission strictement interdite.

— Je vois. Excellente raison pour ne pas obéir!

Elle pressa le bouton, sans résultat.

— Il est bloqué, s'étonna-t-elle.

— Attendez.

Michel effleura le chiffre 22 avec la clé. Une secousse agita la cabine qui se mit aussitôt à descendre. Ils se regardèrent avec une anxiété contenue. Puis le 22 clignota à trois reprises et le panneau s'éleva. Cependant, une paroi nue et opaque bloquait la sortie.

— Nous voilà bien avancés, soupira la femme.

— Avec la clé, peut-être que...

Sondant la paroi du bout des doigts, Michel ne découvrit ni orifice ni protubérance où le petit instrument aurait pu s'adapter.

— Il faut croire que cet ascenseur n'est pas le bon moyen pour venir ici...

— Et si vous recommenciez comme tout à l'heure? Il y a sûrement une manoeuvre que nous avons omise!

Il appliqua la clé contre le chiffre 22, mais rien ne se produisit.

— Bon! gémit-il. Il ne nous reste plus qu'à remonter. Nous aurons peut-être plus de succès à l'étage des microfilms.

L'ascenseur resta immobile lorsqu'il poussa la touche 56. D'autres tentatives avec sa clé donnèrent le même résultat. Des gouttes de sueur perlaient maintenant sur son visage.

— Qu'est-ce que ça signifie? s'affola Virginia Lynx.

— Le système de commandes est plus compliqué que je croyais.

— Qu'allons-nous faire? Nous ne pouvons pas attendre que quelqu'un nous délivre!

— Je ne vois franchement pas d'autre solution. Les Gardiens ne mettront pas beaucoup de temps à découvrir notre présence ici. Le problème, c'est ce qui va nous arriver après.

La journaliste enfonça rageusement plusieurs touches de suite. Et soudain, la paroi s'ouvrit.

— Comment avez-vous fait? demanda Michel, soulagé.

— J'ai appuyé sur plusieurs boutons dont le 22. C'est fou, non? Il suffisait de presser la touche, tout bêtement! La seule chose à laquelle nous n'avions pas pensé!

Avec circonspection, ils avancèrent dans le couloir baigné d'une lueur cramoisie. Une porte se découpait sur leur gauche, surmontée d'un cercle rouge dont la vue les frappa.

— Le signal de l'interdiction absolue, expliqua Michel.

— Nous essayons d'y entrer?

— C'est pour ça que nous sommes ici, acquiesça-t-il en frémissant.

Il enfonça la clé dans la serrure électronique. Le cercle rouge s'alluma, puis le passage se libéra devant eux. La gueule grande ouverte leur souffla au visage une haleine doucereuse.

— Cette odeur, fit Virginia Lynx. On dirait des produits pharmaceutiques.

Ils s'engagèrent dans un nouveau corridor, plongé dans la pénombre. Au bout perçait cependant une vague luminosité.

— Saisissant comme endroit, commenta la jeune femme. On se croirait dans une crypte. Les murs sont en métal et ils ne suintent pas, mais... l'ambiance y est!

— Vous avez raison. Ça me rappelle un film de Dracula que j'ai chez moi.

Le corridor débouchait sur une grande pièce où une quantité de voyants lumineux, éparpillés un peu partout, tentaient de vaincre l'obscurité.

Michel et la journaliste ne distinguèrent d'abord que ces points de lumière dont la couleur changeait constamment. Puis, leurs yeux s'habituant à la noirceur, ils comprirent que les voyants faisaient corps avec des objets de forme oblongue qui se succédaient d'un mur à l'autre de la pièce.

Ces unités, toutes identiques, mesuraient près de deux mètres et elles étaient placées horizontalement sur des socles à quatre roues.

— La ressemblance avec une crypte se renforce, dit Virginia Lynx. Ces caisses ressemblent drôlement à des cercueils. Qui a-t-on pu déposer là-dedans?

Michel secoua la tête. Il avait les yeux exorbités.

— Mais ce ne sont pas des cercueils, murmura-t-il.

S'avançant vers l'une des caisses, ils constatèrent qu'elle était reliée par des tubes à divers appareils. L'ensemble émettait de faibles ronronnements.

— Ces boîtes ne contiennent pas des cadavres, affirma Michel. Mais des êtres vivants, j'en suis sûr.

Virginia Lynx le dévisagea.

— Je vois ce que vous voulez dire! lança-t-elle. C'est dans une boîte comme celle-ci que Swindler se déplace!

— Oui... J'ai l'habitude d'appeler ça un sarcophage. Ce qui me dépasse, c'est qu'il y en a des dizaines dans cette pièce. Qui sont ces gens? Pourquoi sont-ils si nombreux? Et que font-ils dans la Forteresse?

La journaliste réfléchit à voix haute:

— Cet édifice s'appelle en réalité le Hermann Khan Building. Tout ce que les milieux bien informés en savent, c'est qu'il abrite les sièges sociaux de plusieurs groupes très puissants: grandes entreprises, organismes comme la Fédération internationale de hockey, partis politiques...

Elle eut soudain une idée. Elle inspecta la caisse avec minutie, puis elle désigna une plaquette où un nombre était gravé.

— C'est sûrement une identification codée! Si seulement je pouvais...

Elle fouilla des yeux l'obscurité environnante et se dirigea dans un coin de la pièce. Michel la vit faire un geste et un écran cathodique s'alluma près d'elle. Comme elle poussait quelques touches sur un clavier, des lettres s'alignèrent sur la surface lumineuse.

— C'est un terminal d'ordinateur, dit-elle. Si je m'y prends correctement, nous pourrons sûrement lui arracher quelques informations sur les occupants de cette salle. Ah! je crois que ça y est!

Deux mots s'étaient formés sur l'écran: «Question: Code.»

— Je crois que l'ordinateur demande le numéro inscrit sur la caisse.

Le pianotage de Virginia fit ensuite apparaître un tableau extrêmement chargé.

— Qu'est-ce qui est écrit? questionna Michel, agacé.

— C'est extraordinaire! Le tableau décrit l'état physique actuel de la personne qui correspond au numéro. Tout y est indiqué: température de son corps, volume sanguin, rythmes cardiaque et respiratoire, activité cérébrale... Il serait intéressant de connaître les raisons de sa présence ici.

Elle composa le message suivant: «Question: Nature de la blessure.»

Ce à quoi l'ordinateur répondit: «Néant.»

Interloquée, elle formula autrement sa question: «Nature du mal — de la maladie — du traumatisme.» La réponse restait la même.

— S'il faut en croire l'ordinateur, dit Virginia Lynx, cette personne est en parfaite santé. Je ne comprends pas.

— Elle est peut-être vieille tout simplement? Et ces appareils lui permettraient de prolonger son existence...

— Excellente hypothèse.

Elle tapa la question: «Date de naissance.»

— Le 4 août 1902! lut-elle. Cette personne aurait cent huit ans! C'est absolument insensé!

— Qui peut-elle être?

«Question: Nom et prénom.»

— Rockfellow Georges, prononça Virginia Lynx.

— Connais pas.

— Moi si, dit-elle d'une voix éteinte.

Il attendit en vain des éclaircissements. Abasourdie, la jeune femme se prit le front.

— Pareille chose est-elle possible? murmura-t-elle.

Elle se précipita vers une autre caisse, nota le code et le tapa à l'ordinateur. Puis: «Questions: Nom et prénom — Date de naissance. Réponses: Zusuki Mitsu — 08 09 1898.»

Étouffant une exclamation, elle reprit son manège avec la caisse suivante. Quand elle eut recommencé une dizaine de fois, elle s'arrêta, effondrée.

— Qu'y a-t-il? n'avait cessé de demander Michel. Qu'êtes-vous donc en train de découvrir?

Elle répondit enfin:

— C'est... épouvantable, Michel! Abominable! Ces individus, bien à l'abri dans leur sarcophage comme vous dites, ne souffrent en effet d'aucune blessure particulière. Ils sont vieux, c'est tout. Sans ce traitement spécial, ils seraient morts depuis longtemps.

— Quoi!

— Les appareils sur lesquels ils sont branchés assurent le fonctionnement de leur cerveau et de leurs organes. Ces appareils les nourrissent, les font respirer, digérer, dormir...! Il doit y avoir sur cet étage une armée de spécialistes qui veillent sur eux afin de prolonger leur survie artificielle.

— Mais pourquoi donc? Qui sont ces individus?

— Au XXe siècle, ils étaient tous soit les patrons d'entreprises ultrapuissantes, soit des politiciens influents. Officiellement, ils sont morts! En vérité, ils vivent toujours, comme tu vois, et ils exercent sans doute maintenant un pouvoir plus considérable encore que lorsqu'ils se déplaçaient au vu et au su de tout le monde!

— Comment peuvent-ils exercer un pouvoir, enfermés dans leur boîte?

— Je suppose que leur cerveau est alimenté jour et nuit par des tonnes d'informations. Et que quelqu'un les réveille à intervalles réguliers pour leur permettre de prendre des décisions et de donner des ordres. Ce qui est certain, c'est que de ce sanctuaire pour morts vivants, ils dirigent une grande partie des activités économiques et politiques de la planète!

Elle secoua la tête avec effroi.

— Ces quasi-fantômes, Michel, sont presque les maîtres du monde! Ce sont eux qui maintiennent la société dans ses conditions actuelles! Eux qui profitent de l'inégalité, de l'exploitation et de la misère des gens! Nous sommes dirigés par des moribonds qui possèdent plus de pouvoir qu'aucun humain n'en a jamais eu!

— Et Rutabaga serait l'un d'entre eux?

— C'est certain. Son accident, son corps en miettes, tout ça c'est une tromperie pour sauver les apparences. Lui aussi est un vieillard, Michel, le maître d'un empire tentaculaire qui cherche à s'étendre au-delà de la mort. Comme tous les autres ici, il est le vestige d'un passé ignoble qui ne veut pas disparaître! Dire qu'il suffirait d'un geste pour que ces monstres soient éliminés!...

— Un geste? Oui, vous avez raison, Virginia! Il faut les débrancher tous!

Il s'élançait, mais la journaliste le retint.

— Inutile, Michel. Ailleurs dans le monde, il doit y avoir des salles semblables où se trouvent d'autres dormeurs tout aussi omnipotents. Éliminer ceux-ci ne changerait pas grand-chose.

— Alors, remontons vite! Mon rendez-vous avec Rutabaga est dans dix minutes! Je vous jure, Virginia, qu'il va payer pour tous les autres!

Ils refirent le chemin en sens inverse sans éprouver de difficulté, cette fois, à faire fonctionner l'ascenseur. Michel stoppa la cabine à l'étage du stationnement.

— Pourvu qu'ils ne se soient aperçus de rien, souhaita-t-il.

Le panneau coulissa, laissant voir une activité habituelle, dépourvue de toute agitation.

— Prenez un taxi, dit Michel, et attendez-moi quelque part au-dessus de la Nouvelle Ville. Je vous rejoindrai bientôt avec mon véhicule.

Avant de sortir, Virginia Lynx le regarda bien en face.

— Ne faites pas l'imbécile là-haut, lui

recommanda-t-elle. Nous voulons tous vous voir marquer d'autres buts.

***

Lorsque Michel surgit à l'étage de David Swindler, la voix inexpressive de ce dernier l'accueillit:

— Toutes mes félicitations, Whitey. Tu as été fantastique ce soir. Parfaitement remarquable.

— Je tiens aussi à vous féliciter, monsieur Lenoir, ajouta Paperback avec respect.

— Il m'est bien agréable de constater, poursuivait Swindler, que la visite de Mme Crook a été profitable. Tu as visiblement décidé de revenir dans le droit chemin. J'apprécie grandement ton attitude, Whitey. Elle nous fait honneur à tous... Voyons, que t'arrive-t-il? Tu ne dis rien?...

Michel répondit sur un ton glacial:

— Premièrement, je ne m'appelle pas Whitey. J'aimerais que vous vous entriez bien ça dans la tête. Mon nom est Michel Lenoir, vous entendez? *Michel Lenoir!*

Paperback se figea sous l'effet de la surprise, tandis que Swindler gardait le silence.

— Deuxièmement, vous n'êtes qu'un

hypocrite, le pire menteur que j'aie jamais rencontré! Vous m'avez toujours trompé! Comme vous trompez tout le monde depuis trop longtemps!

— Mais qu'y a-t-il, Michel? Où as-tu pris de pareilles idées? Tu viens de jouer le meilleur match de ta carrière et je suis si content de...

— Ça suffit, Rutabaga! Vous ne vous intéressez absolument pas à ce que je suis au fond de moi-même! Tout ce qui vous préoccupe, c'est mon rendement sur la patinoire! Pour vous, je ne suis qu'un jouet que vous agitez à la face du public! Un pantin, un amuseur!

— Michel, mon pauvre garçon, j'ignore ce qui a pu te...

— Je suis au courant de beaucoup de choses! Votre supposé accident, je sais maintenant que c'est une farce! J'ai vu la salle avec tous ces sarcophages semblables au vôtre!

— Michel, je peux sûrement t'expliquer...

— Assez de mensonges! Je sais aussi que vous êtes le propriétaire de T.I.L.T.!

Le regard de Paperback fila vers le téléphone mural presque à portée de sa main.

Il n'a qu'à enfoncer un bouton, pensa Michel, *et dix Gardiens font irruption ici en une seconde.*

— Tu désobéiras donc toujours à tous les règlements, dit Swindler. Tu es un indomptable, Michel. Tu es dangereux. Je devrai prendre de très importantes décisions en ce qui te concerne.

— Vous ne déciderez rien du tout! Je brise à l'instant même tous les liens qui nous rattachent! À l'avenir, je n'ai plus d'ordre à recevoir de vous!

— Que dis-tu? Tu n'as aucun droit d'agir ainsi. Ton contrat ne peut être révisé que par moi.

— Votre permission n'est plus nécessaire. Je m'en vais informer le public de tout ce que je sais. Vous allez vous écrouler, Rutabaga! Vous allez vous effondrer en même temps que votre château de cartes!

— Mais tu m'appartiens, petit morveux. Tu ne peux rien faire sans moi.

— Je n'appartiens à personne! Je suis un homme libre à partir de maintenant!

— Je te ferai taire, sale petit imbécile. Paperback, avertis les Gardiens.

Son valet amorça un mouvement que Michel ne lui laissa pas terminer. Le hockeyeur bondit sur Paperback d'un élan si vif que celui-ci se frappa la tête contre un meuble et sombra dans l'inconscience. Michel se précipita vers l'ascenseur.

— Tu n'iras pas loin, Michel Lenoir, l'avertit Swindler. Mes Gardiens te poursuivront partout où tu trouveras refuge. Je te ferai disparaître, tu comprends cela? Je te ferai abattre.

Juste avant la fermeture de la porte, Michel entendit une dernière menace:

— Sans ma protection, tu n'es absolument rien, me comprends-tu? Ni une vedette, ni un joueur de hockey, ni même un homme. Un insecte, voilà ce que tu es. Un minuscule insecte à la merci des prédateurs.

***

De l'ascenseur à l'aire de stationnement, les Gardiens le saluèrent sans remarquer sa hâte.

Tant que Paperback ne se réveillera pas, ça va aller. C'est peut-être une question de secondes.

Il propulsa son appareil dans le ciel noir, accélérant au mépris de toute prudence, et se posa sur la plate-forme d'un poste de fouille.

Lorsque quelqu'un sortait de la Zone privée, il ne subissait pas d'examen comme à l'entrée. La circulation était donc plus rapide. Michel attendit avec angoisse que la voie soit libre.

— Vous avez joué tout un match! lui dit un des Gardiens. Nous ne parlons que de ça ici. Nous vous trouvons merveilleux, vous savez.

Tu changeras vite d'idée, tu verras!

Quand il fut au-dessus de la Nouvelle Ville, Virginia Lynx le contacta par radio.

— Où êtes-vous, Virginia?

— Assez loin de vous. J'ai demandé au pilote du taxi de ne pas tournoyer trop près du poste de fouille. Je ne voulais pas alerter les Gardiens. Et avec Swindler, comment ça s'est passé?

— Je pense qu'il ne m'invitera pas à son prochain anniversaire, si vous voyez ce que je veux dire... Ses flics seront à mes trousses d'une seconde à l'autre.

— Alors, vous devez vous enfuir de Lost Ark au plus vite!

— Pas avant d'avoir mis le public au courant de toute l'affaire. Il y a eu assez de gens trompés, Virginia. Je veux faire éclater la vérité!

— Mais comment?

— En convoquant une conférence de presse, bien sûr! Quand les journalistes apprendront que j'ai des déclarations à faire, ils vont se ruer sur moi!

— Michel, fit gravement Virginia Lynx, il y a encore une chose que je ne vous ai pas dite. La grande presse, celle qui dirige la radio et la télévision, celle qui décide de l'actualité en somme, est, elle aussi, entre les mains de T.I.L.T.

— Quoi!

— C'est un secret comme tout le reste. Les journalistes que vous voulez convoquer sont donc les employés de David Swindler! Il n'y a aucune aide à attendre d'eux.

— C'est inconcevable, Virginia! Le pouvoir de cet homme est-il tellement étendu?

— Assez pour vous annihiler si tel est son désir. Renoncez à votre conférence de presse. Partez, Michel. Sauvez-vous.

— Message prioritaire, la coupa soudain une voix d'homme. Ici Cotgrave, monsieur Lenoir. Nous vous demandons d'atterrir immédiatement et de vous rendre. Si vous n'obéissez pas, j'ai le regret de vous informer que nous détruirons votre véhicule en plein vol.

— Sauvez-vous, Michel! hurla Virginia Lynx. Ne vous laissez pas prendre!

— Bien sûr que non, dit Michel avec fermeté. Je ne retournerai pas entre les pattes de ce monstre.

Poussant la vitesse de son appareil au maximum, il fonça dans la nuit sans se préoccuper des couloirs aériens. De son taxi, Virginia Lynx vit les feux de quatre chasseurs légers jaillir à l'horizon. Elle observa ensuite la course folle du véhicule de Michel à travers le flot du trafic.

— Il fuit vers l'Ancienne Ville, entendit-elle à la radio de bord. S'il se réfugie là-bas, nous aurons toutes les peines du monde à le retrouver!

Elle regarda l'appareil disparaître, tandis que dans une manoeuvre d'encerclement les chasseurs s'écartaient l'un de l'autre.

— Bonne chance quand même, Michel Lenoir, prononça-t-elle sur une note tragique.

***

Le véhicule de Michel échappa aux Gardiens.

Lorsqu'ils retrouvèrent sa trace peu de temps après, il était garé aux abords de l'Ancienne Ville, tout près des Faubourgs crasseux. Attirés par l'inexplicable présence en cet endroit d'un objet aussi précieux, un grand nombre d'Inactifs entouraient l'appareil, se disputant le droit de toucher sa carrosserie ou d'inspecter son tableau de bord.

— Nous l'avons perdu, admit un Gardien qui scrutait la foule à travers ses jumelles. Nous ne sommes que quatre, il nous serait impossible de le retrouver parmi tous ces Inactifs. Nous reviendrons avec du renfort.

— Attends! lança un autre. Jette un coup d'oeil sur l'avenue qui mène aux usines!

Une véritable procession défilait dans cette rue, un cortège joyeux, grouillant, à la tête duquel un individu émergeait comme si on le portait en triomphe.

— C'est Michel Lenoir! cria le Gardien. Regarde sa tête blanche!

Ayant ajusté ses jumelles, il reprit, déçu:

— Non, je me trompe. C'est une espèce de mannequin à son image. Ils doivent célébrer ses exploits contre les robots...

En bas, la foule avançait sans prêter attention aux chasseurs, emplissant l'air autour d'elle de son chant heureux:

Ton nom est noir, Michel,
Tes cheveux sont blancs.
Mais ton coeur pour nous, Michel,
A la couleur du soleil.

Fin de la 1re partie

Table des matières

Achevé d'imprimer
sur les presses de Litho Acme Inc.